喜来灯之一 / 2016年 / 73cm×37cm

自以为是的人

精典名家小说文库 谢有顺 主编

北村 著

作家出版社

图书在版编目（CIP）数据

自以为是的人 / 北村著 . -- 北京：作家出版社，2017.8

（精典名家小说文库）

ISBN 978-7-5063-9669-1

Ⅰ . ① 自… Ⅱ . ① 北… Ⅲ . ① 中篇小说 – 中国 – 当代 Ⅳ . ① I247.5

中国版本图书馆 CIP 数据核字（2017）第 211942 号

自以为是的人

作　　者：北　村
责任编辑：丁文梅
装帧设计：精典博维·肖　杰
责任印制：李卫东　李大庆
出版发行：作家出版社
社　　址：北京农展馆南里 10 号　　邮　　编：100125
电话传真：86-10-65930756（出版发行部）
　　　　　86-10-65004079（总编室）
　　　　　86-10-65015116（邮购部）
E-mail:zuojia@zuojia.net.cn
http://www.haozuojia.com（作家在线）
印　　刷：北京通州皇家印刷厂
成品尺寸：125 × 185
字　　数：52 千字
印　　张：4.25
版　　次：2017 年 9 月第 1 版
印　　次：2017 年 9 月第 1 次印刷
ISBN　978-7-5063-9669-1
定　　价：38.00 元

目录

自以为是的人

自以为是的人往往下场悲惨。我外公陈明达就是这样。陈明达是我母亲家族里出了名的人物，可是母亲几乎从来没有跟我们谈起他。直到我舅舅陈希金患癌症躺在床上，那一年我天天往医院跑，舅舅突然一反常态，开始喋喋不休地跟我说外公的事，我猜是他马上要见到外公了，他恨了一辈子外公，现在有些话不得不说清楚了。

　　陈明达1920年生在东北新京，就是现在的长春，他出生时折腾了整整两天，他娘大出血，流了满满一盆，差一点去见阎王。父亲骂他是灾星、搅屎棍、绿头苍蝇、吃白食的和红毛番，因为他的头发是红的。外公的父亲陈先德是五里屯有名的年轻地主和乡绅，赚钱是一把好手，骂起人来可不省。事实证明他骂对了：陈明达自打长到五六岁，就开始成为陈先德的耻辱，他在长工们的簇拥下趴在饭桌上学着父亲和母亲赖氏性交时的动作，小屁股一拱一拱，逗得长工们笑得前仰后合，丢尽了陈先德的脸。陈先德拎了他回家，揍他的屁股，可是第二天长工一把蚕豆，他又开始拱屁股。算命先生郑马水说，陈明达是桃花魔头转世投胎，他说对了，不多久陈明达不学父亲拱屁股，却动手玩起了自己的小鸡鸡，这一动手不打紧，一玩就玩了三年，臊得陈先德和赖氏恨不得找地缝给钻了。郎中说是一种病，陈先德就带着他四处求医，花了不少银子，可陈明达玩小鸡鸡的毛病却没见好。陈明达吞下了一堆药，喝了一桶香灰，仍不管事。可是三年一过，陈明达突然甩手，玩小鸡鸡的毛病不翼而飞。这一年陈明达十岁。

这才是陈先德灾难的开始。大年三十，陈明达把长明灯吹掉，把桌上供奉的猪头肉吃得精光；初一，他拿起笤帚扫地出门。陈先德一把揪起儿子要狠揍，赖氏说过年不能打孩子，陈明达哈哈大笑，逃过一劫，他说神明既然要吃我们的东西过日子，他怎么能保佑我们、给我们粮食和牲畜呢？初一不能扫的垃圾，就不是垃圾，为啥初二又要扫掉呢？父亲纳了两房妾，生下了陈明达的弟弟陈明通之后，突然失去了生育能力，可是他不死心，天天在三个女人间忙个不停。陈明达对父亲说，皇帝有几百个女人，你才三个，我长大了，要搞一百个女人。这话传到街坊，"陈明达是桃花魔"的臭名远扬。陈先德的小妾私通马伕，生下了一个儿子，失去生育能力的陈先德认下了这个儿子，他认为断子绝孙的耻辱远比戴绿帽子舒服，况且谁又会知道这个秘密呢？他可想错了，陈明达当面让马伕的儿子叫马伕爹。这可不得了，谁都知道陈先德的儿子是马伕生的，气得陈先德一头栽进天井。幸亏不久这孩子得天花死了。

在床上躺了三个月，陈先德觉得必须管一管这个祸害了，他和赖氏商量，把儿子送去跟骨科名医林如高学正骨和推拿，陈先德认为枯燥的学医生涯兴许能让儿子规矩些，他打算在陈明达学成一名骨科大夫后，再把祖业交给他，多一身功夫总是技不压身嘛。其实作为长子的陈明达令他头痛不已，次子陈明通沉默固执，似乎更是当地主的好材料，但守旧的陈先德还是想让长子继承家业。

陈明达在林如高的骨科待了三个月，要发疯。林如高天天让他倒马桶，炖人参。陈明达就在人参里放蒙汗药，把师傅放倒，自己跑回了霍童乡。他说赚钱不必学正骨这劳什子，只要有脑袋就行了。陈明达学了三个月，就能给驼背马三的老婆接骨，赚了一枚大洋，用这块大洋给爹娘扯了一块绸缎，做了一身衣裳。陈先德高兴坏了，穿着衣裳走街串巷，一洗不争气儿子带来的耻辱。邻居街坊的孩子们有样学样，要做衣裳给父母，陈明达就从货郎批发了绸子，卖给那些孩子。街坊的父母人人拿到一身衣裳时，才发觉上当。陈明达赚了有生以来第一笔钱。他对父亲说，我有本事赚钱，我才不学推拿正骨，那是瞎子干的活，我有眼睛，干吗去学瞎子？陈先德拿他没办法。陈明达赚钱把街坊害了一把，陈先德只能上门赔罪，把那些衣裳收购了事。

陈明达的母亲信佛，天天在家里烧香。她的表哥索性去当了和尚。他对表妹说，你这个儿子业障太深，来世恐怕变马都不成，只能变驴子，不如让他剃度当小和尚好了。赖氏真的动了心。和尚表叔来找陈明达聊天，陈明达说，我给你肉，你吃不吃？和尚说，不吃；陈明达说，我给你鸡蛋，你吃不吃？和尚说，鸡蛋我吃。陈明达就从鸡窝掏了正孵化的鸡蛋煮熟让弟弟拿给和尚吃，和尚一咬到小鸡的头，当场晕倒。父亲拿了棍子追得他满房子跑，陈明达说，这不是鸡蛋吗？你说这不是鸡蛋吗？陈先德无话可说。陈明达还在和尚面前咬鸡腿，把骨头扔在庙门口；他在寺庙的墙上画了男人和女人，用线把他们的阴部连起来。赖氏说，这可怎么得了，再把他留在家里，说不定做出什么伤天害理的事来。陈明达说，和尚天天得踩死多少蚂蚁，这不算杀生吗？陈先德觉得这个儿子除了赚钱功夫和自己有得一比，其余就根本不像是他生的。

陈明达又被送回林如高的骨科学推拿。这回师父派了一个伙计看住他。陈明达学了半年，就能帮林如高正骨，别人学了三年还在扫地。他要给人整脊，师父不让他整脊，他不听，有一个抬着进来的几十年的颈椎病人，陈明达趁着晚上没人，自己就给人把脊给整了，那人立马就下地行走，林如高没有办法，只好叫陈先德来领人。陈先德问林如高为什么赶走他儿子？林如高说，你儿子太聪明，我教不了他，他今天能替人整脊，明天就能杀人。

陈明达长到十八岁，变成了一个美男子。他走过租界，那些海关的外国女人都从百页木窗上探出头来看他。外公年轻时眼窝很深，红头发，眼珠有点灰，皮肤白到像年糕似的，可是年老的他却干瘦得像一只螳螂，和年轻时判若两人。有人说他不是陈先德生的，是赖氏和一个外国巡捕生的私生子，只有陈先德知道这是无稽之谈。总之，年轻英俊的陈明达开始招女人，他喜欢跟女人说话，他跟什么样的女人都能搭上话，就是上一趟茅房都能遇上个女人。陈先德要把东村地主彭老五的女儿说给他，陈明达说，我看不上五里屯的女人，她们只会给灶王爷烧香，给祖宗上供。

陈先德住在日本人的新京，却给共产党送盐，给国民党买药，也向日本人交军粮。谁也不得罪。陈先德的父亲老了，就要死了，陈明达的叔叔陈先和对他哥说，咱给爹做个大寿吧。陈先德说，他熬不过一年了，不如死的时候弄排场一些。弟弟听了就很难过，第二年老爷子果然死了，葬礼也果然很排场。陈先德在忙葬礼间歇还打麻将。但葬礼一结束，陈明达的叔叔陈先和就离开了家，把自己那一份家产全给了哥哥，不久后成了一名牧师。陈明达对父亲说，叔叔是被你逼走的。陈先德骂儿子，你这个搅屎棍在说什么胡话呢？我没有抢他一寸地，是他自己要给我的，你懂个屁。陈明达却开始对离去的叔叔朝思暮想，叔叔背上行囊毅然抛弃财产离家远走的身影让陈明达兴奋不已。可是若干年后，已经是牧师的叔叔却带了两个共产党领袖的儿子回五里屯藏匿，他把两个孩子交给哥哥陈先德，陈明达这才知道，父亲跟共产党的关系非同寻常，而叔叔跟父亲的关系也并非像他了解的那样不堪。那天夜里，叔叔突然对陈明达说，不信上帝就会下地狱。陈明达说，我不会下地狱，我爹会下地狱，他害过人，我可没有，他把你的财产占了；趁刘四坐日本人的牢，低价把他家的地圈成自己的；他跑到长工刘三泰家里，要睡人家姑娘，人家不愿意，他就强迫她。叔叔说，人犯了一箩筐的罪，只要向上帝认罪，就能上天堂。陈明达就问，我母亲做了一辈子好事，她可不信上帝，她要下地狱吗？叔叔低头沉默了一阵子，说，会的，谁不信上帝都要下地狱。陈明达就说，那我下地狱好了。

十九岁那年冬天，陈明达从县高中学成回到五里屯，他突然对父亲说，你给共产党送盐是对的。陈先德很惊讶。陈明达说，我读了共产党的书，我要把我那份土地分给穷人。父亲一听，差点没背过气去。陈明达说，不分给穷人也成，我就学咱叔，我的地送给明通吧，但你得答应我一件事，我要去关内抗日。陈先德震惊得说不出话来。他一心想让长子继承他的家业，不论陈明达怎么不听话，如何放荡不羁，陈先德始终认为他要比二儿子陈明通强出好多。陈先德坚决不同意陈明达去抗日，把他关在家里，派家丁看住他。他就绝食，陈先德只好去劝儿子，儿子说，你不是也恨日本人吗？为什么又不让我去抗日呢？陈先德说，这是两码事。陈明达说，这是一码事。他从学校带回来一箱子书，都是关于抗日的，把陈先德吓得半死，要把那些书烧了。陈明达就和父亲打起来，两个大老爷们在地上翻滚，父亲终于打不过他了，只好由他。陈明达把这些书翻得书皮都烂了，就留给弟弟说，我把书留给你，我要去抗日了。弟弟问他，你就这么想当兵？陈明达说，世界上有这样的道理吗？人家没请他，他自己到人家里来，见东西就拿，我要把日本人赶出去。明通说，你为啥要到关内赶日本人呢，日本人不就在咱家门口吗？陈明达说，我是傻瓜吗？我要在这里抗日，就是找死。

陈明达给弟弟写了张把地让给他的条子，陈明通给哥哥开了门。陈明达带上一袋炒面和几件换洗的褂子，就奔关内去了。在黄河边上他遇见了一个给爹送葬的学生马永生，就鼓动他参加抗日，马永生正死了爹，就跟陈明达走。他听说陈明达把地给了弟弟，就很佩服他。陈明达说，我他妈的不要什么土地，我只要主义真。

陈明达到了山西，参加了阎锡山的军队。干啥都积极，不久就升了排长，陈明达高兴得一晚上没睡着，只穿了条裤衩在河边上跑。可是马永生说漏嘴，长官知道陈明达是推拿的一把好手，就安排他在医疗室给长官按摩推拿，陈明达很不高兴，要求上战场杀日本人，可是长官不答应。这个长官姓洪，是个团长，塌鼻子，红脸膛，说话像鸟语，爱骂"干你老母"，是个闽南人。就是他把陈明达留在自己身边的，他对陈明达说，按摩也是抗日工作。陈明达回嘴，按摩是瞎子干的，我要去打仗。洪团长说，你先去火药厂干活，晚上过来给我按摩。陈明达在火药厂学会了做火药，可是他心不在焉，不小心点着了一堆盐硝，烧坏了自己的脚。火药厂的一个护士小吴是个美人坯子，她给陈明达打了半个月的针，陈明达的心开始在胸膛里蹿来蹿去，这是他第一次爱上一个姑娘。马永生说，你他妈的完了，上不了战场了。陈明达说，我发现了比上战场更吸引我的东西。马永生说，你这个人怎么这样？一有女人就忘记了大事。陈明达说，我没忘记，我只是先把这事办了再上战场。小吴听说陈明达是抛弃财产来抗日的，就很佩服他，两人一来一往对上眼了。有一次打针的时候，陈明达就抱了亲她，小吴没有挣扎。

陈明达和小吴交往了几个月，被洪团长发现了。接着一个月，小吴就不再和陈明达去河边散步了。陈明达很奇怪，有一天他去给洪团长按摩，看见小吴坐在洪团长的房间里，洪团长在给她削水果。陈明达觉得血喷出天灵盖。他回去抱了一包炸药要去炸洪团长，被卫兵摁倒，关进了禁闭室。听说第二天他要被拖出去枪毙。第二天一早，他还没被拖出去，洪团长来了，他对陈明达说，我送你学火药，你要炸死我吗？陈明达说，你做的叫哪档子事呢？洪团长说，怎么解决？用枪还是用刀？陈明达说，傻瓜才决斗，让小吴自己说，她到底想跟谁。洪团长就说，小吴，你要跟他，就走到他身边去，跟我，就随我来。说着他扭屁股走人……小吴看着陈明达说，你不要耍性子，团长可不是坏人。她说，你不会被处分的，可你不要闹了，我的事我自己处理，你上前线吧。说着转身跟洪团长走了。

陈明达被放出来，马永生说，你他妈的完了，人家是自己愿意跟团长的。陈明达说，不对，她并不愿意，她被勾引了。马永生说，你这话说的，啥叫勾引？陈明达说，用权势勾呗，小吴不跟他走，以后能有好日子过吗？马永生说，这不对，顶多可以说，小吴是羡慕他当团长。陈明达说，这就够了。晚上，陈明达最后一次把小吴叫到河边，问她，你真的不愿意跟我？小吴说，你这个人这么火暴，动不动抱炸药，我可不想被你炸死。陈明达听明白了，说，对，你是自愿的。

陈明达把马永生偷偷叫到山上，说有重要事情商量。马永生跟他上了山，发现陈明达的眼神很怪异。陈

明达说，马永生，我发现没有什么爱情这东西，爱情这
东西是假的。马永生说，你就爱这么随便说话。陈明达
说，我和小吴是相爱的，可她这么快就变了。马永生
说，可是你没变啊。陈明达痛苦地说，问题就严重在这
里，我也变了，我一听她变心，我对她的爱马上就像鸟
一样飞走了，你说我那爱是真的吗？我不但立即就不爱
她了，我还恨她！所以我意识到，这个世界上根本没有
什么永远的东西，也没有什么正确的东西，所以，我他
妈的也不抗日了。马永生吓了一跳，你说什么？陈明达
说，我们一起逃走吧。马永生吓得哆嗦，你为了一个女
人就说要当逃兵，你这人也太不是人了吧。陈明达说，
我发现誓言和理想都是骗人的东西，我何苦要为它们牺
牲？我在家吃喝玩乐不就行了？谁能说我对或者错？马
永生说，你谈失败一次恋爱就想这么多，你还活不活
了？陈明达说，失败一次还不明白的人，那是傻瓜。马
永生说，你变来变去没有原则。陈明达说，去他妈的什

么原则，我只做对的事。我们回东北吧，还是待老家那旮沓踏实。你也别待在河南，跟我走吧。

两人回到了东北。陈先德见儿子突然回来了，非常高兴，杀了一头猪。陈明达没看见弟弟，陈先德说，你前脚走，他后脚就去延安抗日了。陈明达说，可是我现在要回来种地了。陈先德说，你弟弟可以当兵，你不行，你要继承我的家业。陈明达说，我发现你是对的，你让我继承家业是对的，我决定留下来了，我要把北十里堡的那片地开出来，种上油豆。陈先德说，你先娶了媳妇再说，我们给你选了西屯的地主孙德胜的二女儿，明天你挑礼担过去相亲。陈明达说，我不要见她的面，我现在要娶从来没见过面的女人。连陈先德都奇怪了，问，这是什么道理？陈明达说，爱得要死要活的人都会背叛，见面有什么用？一见钟情是假的，那么感情就一定是靠培养的。陈先德想了想，说，这话有道理，得，明天我代你去提亲。

　　说陈明达拿自己的人生做试验，是一点也不假，他总是不按常理来。陈明达娶了孙家女儿孙二姑，开始成天在地里忙。陈先德和儿子分家过，让他独立治理自己的家。陈明达没请丫鬟，却请了马永生当自己的账房。父亲说你怎么能不请丫鬟呢？陈明达说，我家小，不需要丫鬟，我也不想在家养奴才，我们两口子能做完这点事。陈明达做事认真过头，连翻土和往地里撒种都亲自带长工下地。他和父亲的做法不同，陈先德认为东北的土很肥，随便扔颗种子就能收大麦。陈明达却去县里找书看，他认为不同的作物对土地的要求是不同的。一个会说中国话的日本人叫小林正则，成天骑车在他的田里转悠，后来陈明达才知道他是关东军的农技师，在十年前日本人来东北之前就提前来给五里屯的土地作过测量和分析，为了给日本人占领东北打前站的。陈明达只听说过军队有牧师，没听过有农技师的。他对父亲说，日本人了不得，干坏事都那么认真。陈明达拜那个叫小林的日本人为师，给自己的地作分析。小林告诉他，土地翻松后要先施些合适的肥，待一年让它发酵成为熟土。陈明达就按这种方法做，第二年他种的庄稼比村里任何一户都好。陈先德没想到儿子比自己还能干，心里非常高兴。

就在陈先德以为后继有人时，出了一件大事。陈明达的媳妇孙二姑是一个说话低声下气的女人，可是出奇的懒惰。家里的大事，外边的陈明达全包了，里面的也得顾上一半。孙二姑有一个致命的毛病：爱搓上几圈麻将。只要陈明达不在家，她一定出现在邻居周大娘家打麻将。甚至陈明达在家，趁着陈明达泡澡的时辰，孙二姑也要跑过去搓上一轮。陈明达在地里忙得精疲力竭回到家，有时连一口热粥也吃不上，只好自己生火做饭。孙二姑的父亲说，我没见过家里不请丫鬟的，我女儿可不是丫鬟。孙二姑倒是脾气好，说她一定会照顾好陈明达的生活。可是她说话就像放屁，在家能待上三天，第四天她又溜到周大娘家去了。有一次陈明达被断墙压伤了身子，回到家找伤药，孙二姑还是不在家，陈明达连爬到周大娘家的力气也没有，他的肋骨断了两根。陈明达一个人颤抖着在澡堂里冲澡，冲掉身上的泥。这时的陈明达真正感到了委屈和可怜。孙二姑听马永生说陈明达肋骨断了，慌忙跑回家。陈明达看见了孙二姑，一股火冲上天灵盖，上前就是一个耳光，只听孙二姑的脖子"咔嚓"一声，她就飞到天井里，死了。陈明达一个巴掌打折了她的颈椎骨。

陈明达一巴掌打死老婆的消息传遍了五里屯，连县里的人都知道了，大家都在议论，引为奇谈。一巴掌能把老婆打死的男人能有多可恶？陈明达的臭名远扬。再也没人愿意把自己的女儿嫁给他。孙二姑的父亲告到政府，要陈明达的命。伪满法庭的法官准备判陈明达死刑。陈先德上蹿下跳，送出了几斤的金条，最后以误伤为由给陈明达弄了个劳役三年。最稀奇的是，在法庭上孙二姑的弟弟竟然为陈明达说话，他说姐夫是个好人，他为家庭做牛做马，他不可能要杀姐姐。而姐姐是个赌徒，陈明达这么爱姐姐却要为打死了她去偿命，真的很冤枉。陈明达因此连劳役都改成了一年。陈明达眼泪流下来，说，人心比法庭更公正，法庭能做假，人骗不了自己的心。但怎么说也没用，虽然陈明达免于一死，但暴徒的恶名却印在陈明达脑门上了。

常说正直的人往往脾气暴躁，这是因为他们无法忍受小人的诡计，只好用脾气解决问题。陈明达自从一掌打死老婆后，变得情绪低落，甚至一蹶不振。他没想到自己能杀人，一个日本人没杀，却杀了自己老婆。过分自责使陈明达无力干任何一件事，所有的家务都让马永生替他操持。马永生对他说，不过就是一个女人嘛，你又不是故意的。陈明达说，她是无辜的，她是无辜的。说这话时他落下眼泪来。就在这时，父亲拿来了孙二姑和邻居周大娘的儿子黄金宝私通的证据。原来孙二姑嫁过来不到一个月就和在县城做文书的黄金宝勾搭上了，他们硬是在累得精疲力竭的陈明达面前私通了整整一年。陈明达目瞪口呆。从此，陈明达在暴徒的恶名上面又加了一顶绿帽子。

这直接导致陈明达开始了一段放浪形骸的生活。他去窑子里嫖妓。后来又去日本人在新京开的妓院玩耍。妓院里除了中国女人，有一些从日本穷地方来的日本女人，她们对陈明达言听计从，让他心里很舒服。他把从地里挣来的钱大把大把往这里扔。马永生说，你可不能这么堕落下去，你是有家业的人。陈明达说，在我没弄明白活着究竟有啥意义之前，有什么不能干？现在对我来说，唯一能肯定的是死，既然终究不免一死，那就吃吃喝喝吧，因为明天要死了，东西吃下去会变成屎，人烂了也只能肥田，好事坏事，有啥不能干？马永生反驳不了他的话，只好摇头叹气。

陈明达看见那些日本妓女有一个习惯，无论你给她多少钱，她都会做好分内的事，不像有些中国妓女，你给的钱少她就不给你好脸色，催你快完事。所以好多日本妓女都有固定的伙伴。有一个在满铁做信号员的日本老头，是个鳏夫，他走进妓院，新来的小厮问他找谁？他就要发脾气。原来他在这里有一个多年的老伙伴，叫山田美月。陈明达发现这个叫美月的女人一点也不漂亮，年级一把，得有四十岁了。可是老头每次来只找她，他们一起喝酒，喝完酒不是老头付账，反倒是美月付账，陈明达很奇怪，有一次他问美月，怎么会是你付账呢？美月说，我是他女人啊。后来陈明达才打听到，老头每个月一次性给美月一笔钱，然后每次扣。有一次陈明达发现老头没来，美月神情憔悴，问她怎么啦？美月说他走了。今天她要去守灵。第二天一早，守了一夜的美月回来了，陈明达发现她的眼睛都哭肿了。陈明达对马永生说，连妓女都懂得怎么做好分内的事，孙二姑怎么连老婆该做的事都不做呢？马永生说，你说这个有什么用？谁也不知道孙二姑不做事，倒是人人认识你这个一掌打死老婆的人，你亏不亏？陈明达骂道，我操他妈的，我才不管人家怎么说，我只做对的事。

马永生问，你嫖女人是对的事么？陈明达就反问：你说为什么嫖女人不对？我爹可以纳妾，我就不能嫖女人？你给我说清楚，是什么道理。马永生被问得脸红一块绿一块，说，怎么会有你这样固执的人呢？人是有脸的嘛，嫖女人还真是件荣耀的事不成？陈明达说，对，在我没有弄明白之前，我做啥都不害臊。几天后，陈明达竟然把他在妓院的那些女人一起带到家来听戏，其中有一个陈先德也嫖过，把陈先德臊得。陈明达对他爹说，你有嫖的胆，怎么就不敢见她呢？陈明达此举遭到全家人厌弃。马永生为陈先德鸣不平，骂陈明达，陈明达就把他解雇了。马永生说，你真狠。陈明达说，我发现你这个人是小人，庸人，没用，好歹不分。马永生说，你嫖女人还带家来，谁好歹不分？陈明达说，先分清真的和假的，再分好的和坏的，明白了吗？

因为陈明达会推拿，所以新京的日本人有颈椎病都找他，他的功夫不错，基本上按个七八回就能控制住积了十几年的陈疾，于是陈明达的名声传开，于是开了个诊所。关东军的鸟取少将正好患严重的颈椎病，经陈明达推拿了几次，病情明显好转。鸟取把陈明达叫来喝清酒，下围棋，有时鸟取会穿上和服唱能剧。

陈明达的叔父牧师从南方回到东北。他带来了他女儿在南京自杀的噩耗。陈明达从小就喜欢这个堂妹，要不是因为她是堂妹而不是表妹的话，他就娶她了。叔父说日本人在南京发了疯似的杀人，至少有几万人死在刀下。日本兵还在南京城里强奸中国女人，堂妹在女子学校当老师，日本人当着她的面强奸她的学生，就在他们要轮奸她的时候，堂妹从五层高的楼上跳了下去。叔父表情非常痛苦，陈明达以为他是为女儿的死而悲伤，叔父突然说，她死，如果是上天堂，我不会这样难过，可是她自杀了，你知道，基督徒是不能自杀的。陈明达就问，她是基督徒，所以她不能自杀吗？叔父说，是。陈明达问，自杀会怎样？叔父说，信心没有了，自杀是沉沦。陈明达说，你什么意思？沉沦是什么意思？是下地狱吗？叔父捂住脸说，我不想谈这个问题。陈明达坚持不懈，可是我想谈这个问题，你是不是说堂妹自杀了，所以她沉沦了，下地狱了是吗？叔父说，得救的人是不会自杀的。陈明达愤怒了，什么狗屁道理？人都要被轮奸了还不让自杀吗？她没杀人没放火，她只是不想受污辱，你这个父亲也太缺德了，她想保持一个干净身体所以去死，你却说她不能灵魂得救，这是哪门子学问？叔父说，只有绝望到底的人会自杀，而灵魂得救的人是不会绝望的。陈明达大声说，你不就是说你女儿不能上天堂吗？这样的天堂我也不想去，我宁愿跟她下地狱去，你一个人上天堂吧，你这个伪君子，连女儿都不爱，人死了还诅咒她不能上天堂，你去死吧，我们下地狱去。

陈明达转身就走。叔父的眼泪流下来。

.

陈明达第二天去给鸟取少将推拿。他突然问鸟取在南京有没有杀人的事，鸟取说，战争不死人是很奇怪的。陈明达说，他们不是军人，你们也杀他们吗？鸟取说，在交战国全民皆兵。气氛一下子僵硬起来。陈明达突然从铃木刚的枪套里拔出枪往鸟取身后的墙上开了一枪，鸟取脸都白了，卫兵冲进来，鸟取突然摆手制止，他严肃地看着陈明达……陈明达说，你不是说全民皆兵吗？我是不是兵？鸟取看了好久，突然哈哈大笑起来，说，我敬佩你，来，喝酒。陈明达喝完了杯中的酒，说，我以后不会再来给你治病了。鸟取说，好。

陈先德听说这事，吓得对儿子说，你怎么能做这种事呢？你既然给人治病，又去跟他理论杀不杀人干什么？陈明达说，治病是治病，理论是理论。陈先德说，你话也说了，枪也开了，你完了。陈明达问，按你说应该怎么办？陈先德说，你恨日本人就在心里恨，埋在心里好了，你不给他治病也行，找个理由，说出来干吗？我等着替你收尸吧。可是时间一天天过去，直到过了一个月，鸟取也没有来秋后算账。马永生问陈明达，你怎么出尔反尔呢？你不是不抗日了吗？怎么又惹这祸？陈明达说，我只相信我眼睛看到的东西，我眼睛看到了，就说出来，我想做的，就去做。

灾难终于发生。有一次陈明达经过大街边，一脚把路边小神社的天照大神像踹翻了，宪兵扑过来，当天陈明达就被抓进了监狱。陈明达在监狱里被打断了一条腿后，放了出来。因为鸟取大将说，陈明达不是个敌人，他只是一个固执的家伙。

没过几天，苏联人就打来了。陈明达莫名其妙地被当作汉奸上了法庭。他的罪名是给日本将军治病，还和日本人一起喝酒、唱能剧。陈明达说，他是我的病人啊。马永生出庭作证，说，他要不是汉奸，鸟取大将为

踏青 / 2015年 / 54.8cm×46.5cm

太湖小景 ／ 2014年 ／ 50cm×40cm

什么保他？就因为他是个固执的人，就要保他？全场大笑。陈先德送出了几斤的金条也没用。就在陈明达要拖出去枪毙的时候，一个人出现了。他就是陈明达的弟弟陈明通。陈明通当上了解放军的参谋，在高岗手下干活。陈先德要陈明通无论如何救自己的哥哥一命。最后陈明达被罚挖了一个月的壕沟，放出来给首长的老婆治病。陈明通告诉哥哥，是马永生告的状，马永生是共产党在新京的线人。陈明达在首长家里见到了马永生，马永生非常尴尬，说，你能原谅我吗？陈明达说，我当然原谅你，我解雇了你嘛，你肯定恨我。马永生说，其实不是因为这个，是因为我也喜欢小吴，可是你根本没留心我的心思，你搭上了她，又没搞成，事情全让你砸了，这事一直埋我心里。马永生分明是在说谎，陈明达却相信了，他笑着拍拍他，说，原来是这么回事啊。以后我要是爱上了谁，你就把她给弄走，我们就扯平了。此后，陈明达丝毫不记马永生的仇，还经常拉他喝酒。

陈明达就是这么个人，有时精明过头，有时愚蠢透顶，看上去像傻瓜。

战后陈明达一边替人整脊，一边放高利贷挣钱。有时他还在黑市上做些食品买卖，用苏军的望远镜皮带换粮食，然后再拿去卖。挣钱对于陈明达来说仿佛不是特别难的事情，即使在最困难的时候，他也能十天吃上五天肉，喝上俄国红酒。虽然父亲分给他分内的地，他给了弟弟陈明通，但弟弟参加革命了，地又成了他的，但他不想种地，也不想回五里屯，就在新京混日子。

有一天陈明达突然对父亲和弟弟说，我要把自己的地送给农民。陈先德说，你疯了吗？没有地你以后怎么活？陈明达说，一个人占这么多地是没有道理的，你怎么也吃不了那么多的粮食，为什么要占那么多地呢？陈先德说，这是我们辛辛苦苦赚来的，为什么要让给别人呢？这是不公平的。陈明达说，就算你能干，弄到别人没地种没饭吃，就公平吗？这事儿我得整明白。过了三天，陈明达对父亲和弟弟说，我想明白了，没地的人要地种，有地的人，地多到一定程度，就怎么也不会是自己的，一定要匀给别人，否则别人也是人，也生在这地上，就你有地他没地，这说不通。陈先德说，我能干也勤劳啊，所以我能过好日子。陈明达摸着下巴，说，不对，你勤劳你过好日子，你拿钱多，这没错，但别人也得过好日子，你的好日子和他的好日子不同，但都是好日子，这才有道理，我彻底整明白了，我的财产多到一个程度，就不再是自己的了，或者干脆说，这地上的东西不是你的，是上天让你托管的，你有能耐，地多，是要你管好，让雇工们有饭吃。陈明通兴奋地说，哥说得对，所以要土改，要把地分给农民！陈明通把哥哥要率先把自己的地进行土改的事报告给上级领导，领导就要给陈明通提干。可是没料到陈明达并没有马上把地直接给农民，而是把在他的地里干活的长短工都叫来，说，你们想要我的地吗？长短工说，想啊，做梦都想。陈明

达说，可以，拿钱来买。马伕管老大说，我们想要自己
的地，可是我们没钱。陈明达说，我可以借你们钱。于
是他竟然把自己放高利贷挣的钱分给那些长短工，说，
这钱借给你们。驼背李三说，你放高利贷，我们可还不
起这钱，我们不要钱，只要地。陈明达说，我借钱给你
们，你们有钱就还我，没钱就欠着，我不要利息。赵麻
子说，我们要是一辈子还不起这钱呢。陈明达说，那就
一辈子不要还，你都死了，我还管死人要钱吗？农民很
高兴，知道主人是明摆着要送地给他们了。他们用陈明
达的钱买了陈明达的地。管老大又问，你干吗要这么
干？这地不是你的吗？陈明达说，这地是我的，但我不
能白给你们，白给你们，不但对不起你们，也对不起我
自己，你们还会偷懒，不珍惜这地，现在这样做，至少
你们还知道这地是我给你们的，你们不但念恩，还想我
欠主人钱，就得辛苦干活，不会偷懒。陈明通差点没背
过气去，他对陈先德说，我本来要提干，给他弄泡汤

了，领导说我谎报赠地的事，你说我倒霉不倒霉？他为啥这样干？这不也是白白送地给农民吗？还没落个好，有他这样的傻瓜吗？陈先德气得一头栽到地上，没几天就伸腿死了。于是谣言传开，说陈明达气死了父亲。

陈明达很郁闷，又去窑子里找女人。长年守一盏青灯的母亲看着儿子老干没谱的事，背着骂名，被那些女人折磨得只剩一把骨头，就把在庙里的表哥叫来，说，你救救他吧，他要再不离开那些女人，就活不了多少时间了。表哥和尚说，对，他要是还执迷不悟，来世恐怕只能投畜生道轮回了，我去帮助他脱离苦海。几天以后，我要出去云游半年，不如让他跟着我化缘，看看他到底有没有佛心。母亲说，那敢情好，只是他恐怕不会愿意。可是当和尚跟陈明达一说，他居然很痛快地答应了。他说，我正闷得慌，我很想跟你一起云游。

和尚带着陈明达，沿东北的松花江云游，托钵化缘。有时他们住在居士香客家，有时他们就住庙里。化了一个月的缘，陈明达的心情似乎好多了，他对和尚说，原来当和尚是这么好的事情，游山玩水，还能衣来伸手饭来张口。和尚说，这话怎么能这么说呢，这是居士们在供奉。陈明达又跟着走了一个月，就烦了，跟和尚说要回家。和尚说，你的执着心还很强烈。陈明达说，我觉得佛教是骗人的。和尚说，你总是这么随便地说话，这会造口业的，佛家传承几千年，你就一句话打发了吗？陈明达说，我不懂那么多，所以我就说不了那么多，我只能说我明白的。和尚说，那你说说看，为什么佛家是骗人的？陈明达说，我跟你走了两个月，人家供我们吃喝，你给了他们什么？和尚说，智慧。陈明达问，什么叫智慧？和尚说，有佛心的人，自有佛性，人们愿意供奉我们，是因为他们有得到。陈明达又问，是从我们身上得到吗？和尚说，可以这么说吧，见性成佛，也可以说人人有自在的佛性。陈明达说，可是我吃着他们的饭菜，觉得难为情，我连我自己也救不了，怎么去救别人？我觉得我坏极了，我一见到漂亮的女香客，底下就硬起来，我怎么帮助她们？和尚的脸色有些难看，说，那只是你自己的污秽使心蒙尘。陈明达抱歉，说，对不起，我没说你，我说的只是我自己，我知道你是不会像我一样的，可我还是在想，像我这样一看到漂亮女人就忍不住硬起来的人，怕是一辈子也修不成了，对，永远也不成，我娘叫我来是白搭。和尚说，你既然知道我不会像你那样，你至少要有信心，再跟我几个月，也许你就不会这样说了。

陈明达又跟和尚走了三个月，马上要走完半年的期限回庙里了。陈明达在后三个月，心情一度果然很平静。可是有一天，他们留宿在一位很漂亮的女居士家中，陈明达脑袋里一直甩不掉那个女子的影子，他翻来覆去睡不着，只好爬起来跑到屋外看月亮。陈明达非常难过，他想，我怕真是修不成了，至少对我这样的人，我知道靠我的意志是白搭。他准备明天就回家，该干啥干啥。这时陈明达赫然发现在朦胧的月色中，和尚站在茅房里，一手扶着矮墙，一手玩着鸡鸡，就像自己小时候一样……和尚仿佛进入梦中，双眼直直地望着月亮，动作越来越激烈，最后他轻轻地喊了一声，消停下来，熟练地把东西放回袈裟，迅速地走回屋里。陈明达忍住笑，可他快笑破肚皮了。

第二天陈明达没有向和尚提起这事，他跟着和尚走完了全部行程回到了庙里。陈明达在和尚的床底下的乱茅草里翻到了一本每一页都被精液浆硬、变得厚厚的书，叫《佛理精要》。陈明达的面前浮现出和尚侧躺在床上，经年不变的手淫姿势。母亲来庙里进香，顺便接他回家。母亲问表哥陈明达有否精进？和尚说，他尘缘未断，性格顽钝，满了执着心。陈明达本来不想出和尚的丑，听他这么一说，心里不痛快，就把那本沾满了和尚精液的书从他床底下翻出来，众和尚一看，顿时傻了眼。陈明达说，你就是念一辈子经也没有用，只能吃白食。

　　和尚被出丑的事传开，臊得陈明达母亲不敢见人。陈明达说，有什么不敢见人的？又不是出你的丑。母亲说，你怎么能这样干？陈明达说，他是个骗子，一边教导别人不近女色，自己却想了一辈子女人，他念经有什么用？母亲说，他是他的事，不是每一个念经的人都像他那样，这种人一千个和尚中也没有一个。陈明达辩解说，那没有错，但得把自己搞成个活死人才成，才不会想那事，是人就会想那事。母亲气得骂他，你成天下窑子就对了吗？陈明达说，我下窑子是不对，这个问题我想明白再跟你说，反正我认为，强压着自己不想女人总是不成的，表舅就是这样，他夜里想着女人，白天却给人讲经，总是好笑。一个月后，寺庙革除了表舅和尚，他还俗了，找了一个铁岭人当老婆，并且成了一个厨师，专门做素菜，多年以后陈明达还在长春有名的一清素菜馆看到他在炉前火烧火燎地颠锅。人们传这么一句话：陈明达真有本事，一夜之间，把一位高僧变成了名厨。

不过陈明达真的开始思考母亲说的那句话：他下窑子也是不对的。他只是忍不住，想逃避痛苦。有一天他又去逛窑子，突然来了一队士兵，冲进窑子，把娘们统统赶出来，押到车上，把男人们集中到空地上，陈明达也在其中。陈明达这才知道政府是要取缔妓院了。这时有一个女孩穿着军装，朝着陈明达走过来，看着他说，我认识你。陈明达一看，有点面熟。那女兵说，我想起来了，几年前我跟你学过几天按摩。陈明达这才恍然大悟。女孩说，你怎么会在这里？陈明达脸红了，说，你能不能跟他们说说，放了我。女孩看了他一会儿，说，我试试看。

陈明达被放开了。女孩说她叫周文怡，现在参了军，在部队当卫生员。陈明达不好意思跟她说话，想瞅空跑了，这时陈明通走过来，看到陈明达，他立刻知道是怎么回事，他让陈明达赶快回家。周文怡问陈明通，参谋长，你认识他啊？这时陈明达说了一句：我是他哥哥。差点没把陈明通气得背过气去。

陈明达的骨科诊所就开在部队驻地红旗街的隔壁，周文怡经常来找陈明达聊天，一来一往两人混熟了，周文怡又让陈明达教他推拿和接骨，渐渐这两个人好像是看上眼了。周文怡一天不来诊所就闷得慌，周文怡要是有事来不了，陈明达心里也空落落的。陈明达好像回到了和小吴在山西恋爱的时候，有一种初恋的感觉像风一样吹过他的身体。周文怡学推拿的时候，在陈明达身上乱按，痛得他直叫唤。她喜欢问些陈明达过去的趣事，陈明达就一五一十毫无保留地全部说给她听。陈明达问她，我是不是一个坏人？周文怡说，你是坏人，不让人讨厌的坏人。陈明达问她，你会不会斗争我？我是一个嫖客。周文怡说，和我父亲相比，你算什么？他娶了五房，还上妓院，却在家里教训我们，他做的和说的不一样，你至少做的和说的一样，没有几个人能做到这样的。陈明达点头，说，我只想做什么，说什么，这样我心里不犯堵，脸皮一厚，就什么也不怕了，心里反倒舒坦。周文怡说，我没见过像你这么坦白的人，听你说话很吓人。陈明达说，我听我叔说，上帝说一不二，我想，人也应该这样。周文怡说，你和你弟弟都是好样的，你很诚实，你弟弟很勇敢，也很无私，他是我们部队的英雄。陈明达说，他离英雄还差得远，不要随便把人捧成英雄，会害了他，我知道他是什么家伙。周文怡说，你上妓院只是因为心里不痛快是不是？这句话像针一样刚好刺在陈明达的心里最敏感的地方，陈明达忍不住就哽咽起来。周文怡吃惊地看着他。她递给他一条毛巾，他接过的时候突然跪在她面前，抱住她，把脸贴在周文怡肚子上。周文怡一震，说你这是干吗？陈明达说，我就是想哭。周文怡想推开他，可是不知道为什么没有力气，手反而颤抖地摸着陈明达的头发，说，你……你这个家伙，你这么坏，也会哭啊？他们就亲嘴了。

陈明通知道周文怡和哥哥相好，震惊得说不出话来。他找来周文怡，对她说，你知道我哥是什么人吗？让我来告诉你，他是个没谱的家伙，鼓动我抗日，自己却半路去追女人，他一巴掌打死过老婆，他气死了我爹，还是一个嫖客。这样一个人，你喜欢他什么呢？周文怡说，我很奇怪你会这样说你哥。陈明通说，我这样说是要让你清醒一些，你们不合适。像你这样投入革命热爱党的姑娘，怎么能跟我哥那样的落后分子生活在一起呢？他一定会给你惹祸，你也对他没帮助，我只想让他开个诊所，为他找一个乡下女人度日，这样对他最好。周文怡说，你说他这么多，可是这些我都知道了，陈明达没有一样避讳不讲给我。陈明通问她，那你还想跟他结婚？周文怡说，我从来没见过他那样做什么说什么的人，就凭这一点，他就了不起，他过去做什么我不管，只要今后他不做了，就行了。陈明通问，他能改邪归正，埋在地里的弹壳都会发芽。周文怡说，我相信我能改变他。陈明通说，你也太自信了，我做了他几十年兄弟，没见过他听谁的，他只听他自己的。周文怡说，你别管我的事，我知道怎么处理。陈明通说，你的前途就要毁在他手里了。

周文怡之所以敢这样跟陈明通说话，是因为她知道陈明通喜欢她，可是她不喜欢陈明通，虽然她明白陈明通很勇敢也很无私，但就是不喜欢他一副成天怒气冲冲神经紧张的样子。可陈明达对此一无所知。陈明通找到哥哥，跟他谈周文怡的事，他只说了一句话：你这样的人一辈子只要不害人就不错了，你还想害周文怡那么好的姑娘吗？陈明达听了当场流下泪来，他对弟弟说，我不会害她的，我再也不敢自以为是了，以后我都听她的。

陈明达突然消失了四天，不知道跑到哪里去了。四天后他找到周文怡，说，你知道吗？自从小吴移情别恋，我就发誓自己不会爱上别的女人了，可遇上你，我又糊涂了，我得想明白这是怎么一回事。难道世界上真有爱情吗？周文怡不解，你在说什么呢？陈明达说，我是说我怎么知道这回的爱情就不会变了。周文怡问，你问变不变干吗？爱就是了。陈明达说，既然几年后我们会分手，为什么要开始？周文怡就看着他说不出话来。陈明达说，我是对自己没信心，昨天晚上我想了你一夜，什么都想遍了，就是没有想到那种事，可今天白天我经过窑子，看见有人在拆墙，就马上想到过去我认识的窑子里的漂亮女人，叫李香玉，我……就忍不住想了她的身体。我现在知道，我这人坏透了，真的坏，我不知道别的人是不是这样，我明明爱你，按说不应该想别的女人，可是我竟然想了，我虽然只是想她们的身体，可是我知道这是大罪。周文怡泪眼看他。陈明通说，我现在知道人是无可救药的，文怡，我没办法向你保证我一辈子爱你，我可能会做错事的。周文怡说，你这人怎么在现在就说这种话呢？没人像你这样的，你的话听着让人痛苦得很。陈明达说，我也不想说，但我心里明白，就算不说出来，也不能保证不做出来，大家都山盟海誓，可是最后都不算数。我已经出尔反尔多次了，正因为我爱你，我最看重你，所以我不想以后得罪你，让你难过，可是我现在又做不到保证自己今后不得罪你。周文怡哭了，说，你说的是真话，我们一起努力不成吗？陈明达说，我已经看到我心中的魔鬼，它只是睡着了，会醒过来的，我知道我的德行，我对吃穿享受不在乎，但我喜欢女人，管不住自己，可我又不想得罪你，怎么办？我说过你怎么会喜欢我这样一个人呢？你可能是昏了头了，我会连累你的。周文怡抱住他哭泣，我不管，我就是要和你结婚。我们努力就成了，我相信我能改变你。陈明达摇头，说，你很好，但你想得太简单了，不但我自己都管不住自己，连牧师和尚也管不了我，我一定会再出错的，我想那些事的时候，我告诉你文怡，我都不知道自己怎么干得出来，我心里想干的，却没有力量去做，我心里不想干的，却去做了。有一次，我发誓不上妓院了，用棍子抽打自己的脚，打得皮都裂开了，可肉一长好什么都忘记了，出门就往窑子里冲，我完蛋了，文怡，我怎么会这样呢？周文怡哭着说，你对革命太没有信心了，只要你追求进步，你要相信革命思想会让你变成另外一个人的，你会变得无私、纯洁。陈明达说，没有用的，我像打仗一样打过自己的身体，要让它服我，听我的，可是它偏不听，要是它听话，你就不会在窑子里遇见我了。所以，文怡，放弃我吧，我弟说得对，我是个怪胎，跟他不是一血的，我这辈子只要不害人就不错了，让我自生自灭吧。

陈明达终于拒绝了周文怡。这对陈明达来说是一件新鲜奇怪的事，他第一次清醒地想问题了。他第一次像个正常人那样冷静地处理事情了。他好像改了脾气。陈明达关闭了他的骨科诊所，神秘失踪了。周文怡看不到他，发了疯似的到处找。陈明通说，你别找了，他既然不想见你了，就不会回头。可是一个月过后，陈明达突然出现在周文怡面前。周文怡问他，你爱我吗？你就这样从我面前消失。陈明达说，我躲在一个山洞里，学闭关，我一个星期只喝泉水，第三天我就忍不住了，抓了一只山鸡吃，我的功就废了，我想试试我能不能不想别的女人了，只想你一个人，在我最后一天要下山的时候，我遇到了一个上山打柴火的村姑，我就知道，我还是做不到。周文怡痛哭不止，说，有你这样的人吗？还没结婚就想离婚的事，你是神经病啊。陈明达说，不是不想，它就不会发生，所以不如事先想清楚的好，我不相信人的努力能改变这个毛病，人身上总有一个你最致命的毛病，对我来说，就是女人，我怎么能跟你山盟海誓？我要是有本事改了它，我早就不是现在这个样子，正因为我最爱你，所以最不想伤害你。周文怡只是摇头流泪，不说话。陈明达说，我感谢共产党，只有共产党才有本事取缔窑子，这一下我没地可去了，想做坏事也做不成了，我没能力管住自己，让共产党帮我，你参加共产党是对的，我弟弟就比我干净。周文怡摇他的手，说，那你应该有信心啊，你一定会像你弟弟那样的。陈明达说，不可能，我一天中有九成时间心里充满杂念，想着自己，只想让自己快乐，我不可能进步到一个共产主义战士的水平，永远也到不了，那太好了，也太高了，像我这样的人就是花上几辈子时间也搞不成。周文怡说，现在妓院不是取消了吗？你没地可去了，就变好了。陈明达说，妓院取消了，可我不能担保不找别的女人。周文怡看着陈明达，突然大声说，陈明达，你是个混蛋！你不想跟我好就明说，不要这样拐弯抹角。陈明达说，我没说谎。周文怡说，有你这样想事的吗？陈明达说，有一条眼镜蛇，被我师父林如高抓了浸药酒，一个月过去，我师弟打开药瓶盖想取酒，那蛇头没在酒里，就窜出来咬了他一口，从此他失去了一只手。文怡，我改不了的，真的配不上你，狗改不了吃屎这话，就是说我的。

听说周文怡因此自杀了两次，没有成功，被陈明通救了下来。周文怡被关禁闭七天。陈明通对哥哥说，你果然不但害自己，也害别人了。陈明达听说周文怡自杀，痛哭出来。陈明通说，你还不想放弃她吗？陈明达说，我本来已经放弃了，现在，我又不想放弃了，她这么爱我，我要想办法让自己有权利爱她，我想办法。他去找马永生，马永生问他，你是不相信自己，还是不相信她。陈明达说，我不相信自己，也不相信她，自从小吴的事过后，我就不相信女人了。马永生说，可是周文怡多爱你，你还不信吗？你的心真硬。陈明达说，我不是不相信周文怡，我是不相信人，包括我自己，自从小吴的事，我就不相信自己会真正爱女人，因为没有证据证明她能一辈子不变心，也不相信我这样的嫖客能改邪改正。马永生告诉他，你既然不相信自己能变好对得起她，你也不相信共产主义思想能改变你，那这世界上就没有别的药方了。陈明达说，有一个办法，但需要你的配合。马永生奇怪地问，什么办法？陈明达说，我想试试她爱我有多深？我想试试她也会犯错吗？如果她跟我一样，我的自责会少些。马永生笑了，这还用得着试吗？这世界上的人都一样，你这么聪明的人难道还不知道吗？陈明达说，你假装追求周文怡吧，如果她也会背叛，我心里会好受些，更重要的是，我要用一样东西治疗我的欲望。马永生问，是什么？陈明达说，妒忌。只有它能让我从此不敢背叛我喜欢的人，我要让我尝尝被人背叛的苦味，就像把自己放在炭火上烤一样。马永生没想到他会想这种馊主意，说，我可不想犯生活作风错误。陈明达说，这又不是真的，这是假的嘛，又不是让你真的和她谈恋爱。马永生说，好，我就只说几句让她开心的话，看她对你有多好。

事情出乎陈明达和马永生的意料。马永生找周文怡去散步，不等马永生说话，周文怡就靠在他身上痛哭。她的痛哭可以用四个字形容：如丧考妣。马永生被震撼了，一个漂亮女人的撕心裂肺的哭泣，让马永生难以忘怀。他忘记了自己是替陈明达来试验的，他紧紧地抱住周文怡的肩膀，安慰她。这一晚之后，马永生情不自禁地频频约周文怡出来，话题从陈明达慢慢转移到了他们两个人自己。周文怡痛骂陈明达，说她永远不想见这个人了。一个月后的一天夜里，周文怡在马永生房间里喝了半瓶人参酒，睡到了马永生的床上。

第二天马永生找到了陈明达，对他说，我试验出来了，周文怡靠不住。陈明达问，怎么靠不住？马永生说，我们在一起了，对不起，明达。陈明达看了马永生一分多钟，突然说，是吗？啊，那很好啊，我……马永生低头说，陈明通说得对，跟你最不合适的女人就是周文怡，我不是故意的，请你原谅我。我这样做，和洪团长是不一样的，你一定要了解。陈明达点头，说，我肩膀上的担子突然轻松了，我又可以痛痛快快去做我的坏人了，没事了。马永生低着头说，谁让你说那话，你说以后你找了女人，让我抢过来，也许这是宿命。陈明达骂，宿你妈的逼，周文怡是我的，跟你睡了也是我的。

陈明达去找周文怡，说，我现在可以娶你了，我知道自己不会做对不起你的事了，昨天晚上，我的妒忌把我烧成了灰，我要是找别的女人，我就会尝到跟你一样的痛苦，我明白了，这是不公平的，男人只能有一个女人，女人也只能有一个男人，纳妾是不对的，嫖妓是不对的，偷女人也是不对的。这世界上有很多事是说不通的，只是说不通，人也要去做，说不通的事人做了不会有快乐，就算一时痛快，痛苦却很长，划不来，世界上真的有对的事和错的事，我只做对的事。周文怡眼泛泪光，说，你在说我吗？陈明达说，不，我在说我自己，当我没有力量做对的事的时候，我就让自己尝这错误的苦酒。周文怡浑身颤抖，狠狠地给了他一耳光，凄厉地叫道，陈明达，你要证明自己，就让我堕落吗？你毁了我！陈明达说，我已经堕落无数，你只错过一回，我都不在意，你还那么在乎吗？周文怡说，我那么爱你，你却引我上这个圈套。陈明达说，你那么爱我，怎么就上圈套了呢？周文怡无话可说，嘴唇发紫，说，你果然像他们说的那样无耻。陈明达说，又不是我让你堕落的，是你自己愿意的。周文怡全身哆嗦，有你这样试验人的吗？这世界上的每一个人都不能保证自己对爱人绝对忠诚，他们只是都努力去做，没有人像你这么干的。陈明达问，与其他们将来背叛，不如现在出错，将来他们装够了好人，没想到是一坏人，他们就受不了，就离婚，就信念破灭，一生就毁了，不如现在就知道，我们根本是做不了一个好人的，我们是没有办法山盟海誓的。文怡，我现在倒可以向你保证，我知道自己是无可救药的坏人，我现在知道，你也好不到哪里去，所以，我们就算以后发生任何事，也用不着分开，去找别的好人了，因为这世界上没有真正的好人，一个也没有。周文怡说，可我的自尊从此让你毁了。陈明达说，那不是自尊，是骄傲。周文怡说，马永生说你这人真狠，没错，你说话是在用刀子杀人。陈明达说，如果你因这事不喜欢我了，那是我的命，你要愿意跟马永生过一生，我也不勉强你。周文怡说，陈明达你听着，从此我周文怡要跟鬼过一生了。说完她哭叫着奔跑而去。

陈明达知道：他失去了周文怡。回到家里，陈明达抱着被子流了一夜眼泪。他仿佛在用哭泣埋葬，但又不知道埋葬的是什么。不过，仅仅一夜，陈明达就渡过难关，第二天一早，陈明达起来洗了一个热热的热水澡，觉得自己浑身轻松。他想：做一个坏人怎么就这么自在呢？

过不去的人不是陈明达，是周文怡。她知道这是一次试验，在这场试验中，她失败了。无论她如何爱着陈明达，这失败的结果不会改变：跟一个她不爱的男人上了床，她面子上受不了，再一次上吊，被马永生救下来。马永生哭着说，你就留在我的身边吧。周文怡给了他一巴掌。

在这场游戏中，还有一个最痛苦的人，就是陈明通。如果说陈明达得到了答案，马永生得到了周文怡的身体，只有他什么也没得到。作为陈明通的下属，周文怡从此变了一个人，她向陈明通请求降职下放去前线战斗，陈明通却向上面保她，说她是一时迷惑，是陈明达疯狂游戏的牺牲者。现在她清醒过来了。周文怡因此只受到一次处分，没有下放连队。但周文怡要求上前线。陈明通没允许。周文怡就想办法调到了行刑队，成了第一个处决犯人的女行刑队员。

怪胎陈明达又多了一个笑话：把自己的女人送给朋友做试验。不过陈明通和马永生都认为：对于已是"劣迹斑斑"的陈明达来说，多一个少一个花名已经没多大意义，只要这天地没有毁灭，只要陈明达还活着，这种笑话就可能层出不穷，因为他这个人什么都干得出来。

但这话还是说早了。一年以后，陈明达突然发生了一个不但连周围的朋友、甚至令他自己也想象不到的变化，他完全变了一个人，不再是过去那个自以为是的人了，而变成了一个跟别人一样思考问题和行事为人的人。虽然不可否认这种变化跟周文怡有关，但它还和另一件事有关，这件事到底是什么事呢？

马永生和陈明达进关内去，给军队采购祛伤药材，这是陈明通给哥哥找的临时差事，他知道什么药材好。在南京，马永生被人认出来，是当时在新京的国民党特务。马永生被抓进了中统的云峰看守所，陈明达也跟着进去了。马永生的罪名不大不小，往大里说是一共产党，往小里说当时在新京潜伏总归是为了抗日。可是中统就是不肯放人。马永生的哥哥给中统的人送了大洋、人参和冬虫夏草，不管事，人家说这是杀头生意，意思是说如果他们放人，就可能惹杀身之祸。马永生的哥哥只好送金条。陈明达就是不愿意贿赂，他说他不是共产党，只是个医生，上峰调查后，知道他是陈先德的儿子，命令放人，但手下的人觉得太便宜陈明达，结果他虽然被放了出来，那些小特务扒了他一身西服和手上的金表，连右牙槽的两颗金牙也敲了下来。陈明达的牙齿痛了三天，要了他的老命。陈明达和马永生狼狈地回到长春，马永生说，这次幸亏他们不知道是为共产党采购药材，只以为我们是商人，要不我们别想活着回来。陈明达说，国民党腐败透顶，完蛋了，连小喽啰都收贿赂，一颗金牙也不放过。陈明达说，这样的国民党已经腐烂，必须推翻，从今天起我修正自己的说法，我要参加这场伟大的革命，把这些坏蛋彻底拉下马。马永生笑他，会不会太迟了一点？陈明达说，我可以加倍努力争取进步，我已经承认我判断错误，比起国民党，共产党是中国的希望。这就是陈明达，说话很满，说什么话都不脸红，有一说一，承认错误不羞耻，就像马永生搞了周文怡，他也不记仇，好像没长心肝。

国共两党正式开打。陈明达报名参了军，成了一名随队军医。之所以让他上战场，是因为他治骨伤的本事无人能及。陈明通也愿意他上战场见识一下，也许能改变他的脾气。不久传来消息，周文怡嫁给了马永生，而且周文怡由于肃清解放区的反革命有功，迅速升官，成了特科的一位负责人，官比马永生还大。陈明达听到这个消息的那天，呆了好久。他不恨周文怡，他对陈明通说，我配不上她，我要向她学习，她是有理想的人，我却像一只蚂蚁。从那天开始，陈明达像变了一个人，他一个人敢冲进枪林弹雨中拖伤员，随后发展到他直接参加战斗。在战斗中，陈明达成了一个比谁都勇敢的人，冲锋时别人低头装系鞋带，他敢一个人摸到碉堡边上，炸敌人的重机枪位。在解放开平的战斗中，他迎着敌人压制的火力只身越过开阔地，挺进指挥所，活捉了敌人的军长和两个参谋长，使战斗很快结束。陈明达总共身中九弹，居然都不是要害部位，这在部队传为奇谈，不过有一枪打中陈明达的后背，斜斜地从右胸穿出。这颗子弹让陈明达昏迷了三天，第四天他奇迹般地醒来了。陈明达之所以成功，没有任何秘诀，就是不怕死。这两次的战斗使陈明达赫赫有名，但给他记功时却犯了难：上级能找到的都是陈明达满是污点的历史和令人不堪的记录，一个嫖客转变成一名勇敢的战士，真令人难以启齿。可他为什么那么勇敢呢？一个没有革命信念的人怎么可能焕发这种斗志？人的正确思想从哪里来？他们找不到源头。马永生自作聪明地说，陈明达的勇敢是因为他，或者是因为他的老婆，说白了就是妒忌。只有陈明通知道，哥哥是少有的不会妒忌的人，陈明达的不怕死既不是因为妒忌，也不是仅仅因为恨国民党，是因为陈明达是一个自以为是的人，什么叫自以为是？就是认为自己是对的，只做对的事，所以良心无亏，不怕死，不怕下地狱。陈明达认为他没什么亏心事会让他怕见上帝，就是有也认过错了，所以他心怀坦荡。这种人是真的不怕死的。陈明通说，世界上有两种人不怕死，一种就是像我哥哥这样的人，另一种是莽夫。

陈明达成了战斗英雄，却没有拿到英雄勋章，也没有得到嘉奖，不能不说是一件怪事。他得到的奖赏是一车大米。陈明达把这车大米换了钱，然后到后方军医院上任，给伤员接骨。不过有一个秘密是任何人都不知道的，除了他自己。陈明达从没有向人说过，只到他临死前才对我妈说起：他后背和右胸中弹的那一次昏迷了三天，那三天他看到了令他不愿启齿的景象，他见到了父亲，父亲就站在军医院他病房的窗边，向他招手，而他自己则飘浮在病房的天花板上，冷漠地看着军医们抢救自己。他想骂父亲，可是他却对父亲流下了眼泪，他想抱父亲，可是没有力气。他开始穿越一条黑暗的隧道，远处有亮光。他浑身说不出的轻松，嘴里呼喊出没有语言的快乐。可是突然他又返回到病房，令他吃惊的事情发生了，他觉得自己越过或者穿过了医生的身体，可是医生没有反应。随后他醒了。医生事后对他说，你大出血，我用止血钳拼命夹住你的动脉，你差点死了。

我相信这就是濒死经验，我查阅过有关濒死经验的资料，几乎百分之九十九的人叙述的景象相同或相似，这说明它是真的，因为可以重复验证。经过一死的陈明达性格大变，他不再是那个自以为是的人了，变得随和沉默，最明显的是声音的变化，过去那个音频很高的公鸡嗓男人不见了，变得低沉微弱。陈明达后来不愿意待在军医院，就转业到地方的一家医院任骨科大夫。那一年的春天他回到家乡，去为奄奄一息的母亲送终，陈明通因为太忙，竟没有和母亲诀别。陈明达坐在床边，看着瘦得骨立形销的母亲，她的眼睛已经完全瞎了，因为她长年吃素，父亲还不让她吃好的植物油，劣质油损害了她的眼睛，可是母亲对陈明达说，我眼睛看不见，可

闺阁无倦 / 2007年 / 48cm×48cm

守静　/　2006年　/　48 cm × 48 cm

我知道你的样子，孩子，你还是原来那个样子，一点也没变。陈明达说，母亲，我变了，我不是原来的那个样子了。母亲摸着他的脸，说，我唯一担心的是你，我不担心你弟弟，他会把他自己的生活拾掇得很好，可你不行。陈明达说，我也拾掇得很好。母亲说，我告诉你，你不要当英雄，这世界上没有英雄，只有人。陈明达说，我没当英雄，我也没拿勋章，只得了一车大米。母亲说，不是这个英雄，你的错在于你从小到大只有一个目标，当英雄，你自己心中的英雄，所以你做自己认为对的事。可我要告诉你，孩子，你不是英雄，但你可以有佛心，只要你修炼自己，消业净心，人人可成佛。陈明达说，您说的这英雄，比我说的那英雄还厉害，我连英雄都当不了，还能成佛吗？母亲叹了口气，说，我死了，你换一种活法吧，答应我，娶个老实女人，过普普通通的日子吧，这是娘最后一个心愿了，你不能再惹事了，你要平平静静地活下去。你老大不小了，没有多少时光让你折腾了，答应我。陈明达流泪了，说，我答应你，母亲。

母亲断气了。那一夜陈明达泪流不止。他望着窗外远方的天空灰色的云，觉得他和母亲的心里都塞满了愁苦。

母亲死后，辽沈战役结束。陈明通给哥哥介绍了一个女人，长春满铁一个锅炉工的女儿，叫李金花，耳朵有些毛病，但很能干，就是我外婆。她原来在电影厂当场工，嫁给我外公后就自己烙大饼卖。她沉默寡言，一只手能提起一筐大通块煤。她嫁给外公不到七个月，就生下了一个儿子，就是我舅舅陈希金。结婚不到七个月就生下儿子，真是大笑话，可我外婆说儿子是早产。陈明达什么话也不说，孩子生下后，他抱着孩子直亲，马永生从没看到他这么开心过，也没看到他这么温和过。那个曾经的浪漫男人、理想主义者不见了，代之以一个琐碎的平庸男人。更令人不可思议的是，陈明达成了一个妻管严，人们看见挽着袖子的李金花大声嚷嚷做着煤球，爬上高高的屋顶清烟囱。隔壁邻居把雪扫到她门口，她就让陈明达把粪桶泼到人家里，陈明达不干，她就揪着陈明达的耳朵强迫他干，陈明达就把粪泼了。马永生笑话他：你不是只做对的事吗？怎么不按规矩来了？陈明达笑着，凑近马永生的耳边，说，人不能自以为是，这样会害人的。马永生说，可是泼粪就对了吗？陈明达说，我现在知道，我以前总自以为是，不但会让别人别扭，自己也活不下去，我处处别扭，却从来没达到过目标，所以我决定在小事上随它去，这样才能过下去。马永生说，你这家伙失去了生活目标了。陈明达说，没有，我只是与人为善。他接着说他最近在研究国学，对中庸之道感兴趣，他说做什么事都要合乎中道。马永生不听他啰唆，笑他自食其言。马永生突然问了陈明达一个问题：对了，我有一事很奇怪，你怎么会跟李金花结婚？除了力气大，她有什么好？她和你是两种人，八竿子打不着。陈明达说，谁都跟八竿子打不着的人结婚。马永生问，你跟我说实话，你真的爱她？陈明达说，难道跟爱的人结婚就会幸福吗？我爱周文怡，可是她成了你的老婆，所以我说，如果一个人不懂得什么是爱，哪怕青梅竹马也没用，所以我相信，如果你真诚爱一个人，哪怕是揭盖头才认识的，也能白头到老。马永生被他噎得说不出话来，低下头走了。

陈明达对谁都点头哈腰，他成天除了到医院给人接骨，回家就帮李金花干活。他早早地到菜场买了猪龙骨，因为这最便宜，还补钙强身，对孩子的骨骼发育很有好处，他变得比谁都会算计过日子。有一次陈明通到他家，看陈明达就着冰碴子水在洗尿布，脸上一副蠢相，他一把夺下哥哥手中的尿布，说，哪有男人洗尿布的，丢脸！陈明达笑笑，说，她忙，我搭把手。陈明通那天晚上悄悄一个人流了眼泪，他觉得现在的哥哥毫无生气了，那个曾经自信满满、眼睛里闪着倔强光芒的男人不见了，现在的哥哥眸子里毫无神采。陈明达对谁都说，可以，可以。对什么都说，行，行，没问题。这还是陈明达吗？就这样，陈明达作为一个好丈夫好父亲过了几年，一连又生了两个孩子，男的。到一九五七年底，他的小女儿就是我妈降生，陈明达就疼爱这个小女儿，成天抱着不撒手，只要她一哭，他就不行，非抱起来不可。外婆骂他手贱，让孩子哭几声有什么，权当作练嗓。

医院传达文件，让大家给党提意见。陈明通提醒哥哥，你可别犯傻，千万别提什么意见，我不是不让你提，是你这人嘴没遮拦，说着说着就跑题了。陈明达说，我不会的，共产党很好，这还没统治几年呢，就是有错误也不是什么大错误，要以鼓励为主。陈明通说，哥，你这几年活得很平静，我本来觉得委屈了你，可是我看你挺快乐，就觉得心里放下了。你瞧，咱是有一大家子的人了，孩子四个，给我找麻烦不说，千万别给老婆孩子惹祸晓得不？陈明达拍拍弟弟的肩，说，你就放心吧，我这回绝对不提意见，就是提，也是提好的，我可不想让我可爱的女儿受苦喽。

陈明达果然兑现诺言，在生活会上他什么话都不说，但不说话是不行的。陈明达就说，他坚决拥护共产党，就凭党这样信任我们，让我们提意见这态度，还有什么话说？说明党贵有自知之明，什么叫贵有自知之明，说明认识自己是不容易的，是稀少的，党能这样鞭策自己，让咱们提意见，真是谦虚谨慎的好榜样。他的"党贵有自知之明"的话虽然让领导听上去总觉得有什么味儿不对，但总的来说显然很激奋人心，大家还是鼓掌。

陈明通听说后对哥哥说，你的话说得很好，但最好不要说党有自知之明，这样人家会误解你认为党应该有自知之明，党是伟大光荣正确的嘛，怎么能把党和人来相提并论，这两个东西怎么会一样？不过你的态度是真诚的，没有问题。陈明通说，我马上要转业到地方了，可能到你们医院当院长，你千万不要给我惹麻烦。陈明达说，我给你惹麻烦了吗？没有，放心吧，我不会了，我现在觉得争执这些现实的对错没有意义，我看着我每天抢救的病人，体会到生命的短暂，我觉得我现在只有两件重要的事，救死扶伤，爱好家庭。陈明通说，这样最好。

有一天领导安排陈明达到高干病房给一个老人治颈椎。那人不是高干，是香港的一个商人，听说是过来给共产党办事的中间人，和台湾那边有点关系。他患的是脊髓型颈椎病，很不好治。陈明达给他做了注射治疗，吃了成药，做完理疗，院长通知他跟这个老商人到香港去，在他家里为他进行后续治疗。陈明达就收拾行李跟老人去了香港。在香港住了三个月。老商人的病好多了，陈明达也把香港看得差不多了。他从来没有在英国人统治的地方待过，香港的自由和繁荣令他着迷，虽然当时香港并没有现在发达，但跟长春相比，是一个天上一个地下。陈明达回到长春，兴奋地跟老婆孩子说香港的事，他还带回一些国内见不到的食品，比如炼乳和酒心巧克力。他对李金花说，香港真不错。李金花说，那你为啥不留下啊？陈明达说，我的家在这里嘛。

不过这句话在陈明达第二次说的时候就变质了，他竟然在医院推拿室里对他的学生说，共产主义社会应该要比香港好些吧？不，只要共产主义社会跟香港一样好，我就知足了。不料这话让人听去，陈明达的医术高明，一个一直妒忌他的医生把话报告给院长，院长连忙向上级汇报，并把陈明达叫去，问他，你说过让英国人来殖民我们的话吗？陈明达一听知道坏了，但他不想撒谎，于是不回答。院长问，你想让英国人来帮我们实现共产主义？陈明达还是不回答。院长说，你说清楚，这些话你到底有没有说过？陈明达绕不过去了，就说，是我说的，但不是这样说的。

　　陈明达马上被关起来，连手枪上包着红布的公安人员都来了，因为陈明达去了一趟香港，事情变得特殊，他们有理由怀疑陈明达到香港一趟是不是被发展成了特务。查了一个月证明他没有当特务，但还是不能放回家。公安问他，你为什么要说这样的话？陈明达说，我看到的什么，就说什么。公安又问他，你认为香港比大陆好吗？陈明达说，比长春好。公安说，你这是污蔑社会主义制度。陈明达辩解道，我没污蔑社会主义，我只说香港比长春好，不行吗？社会主义不是还在建设吗？我对社会主义充满信心，但我看到的香港就是比现在长春好。公安火了，上前扇了他一巴掌，打得他当场快昏过去，陈明达摔在了地上。他挣扎着爬起来，愤怒地说，我说的有什么不对？我看到的就是这样，还不让我说吗？我告诉你，你就是打死我，我也要说真话，我只做对的事！

说完这句话，陈明达突然像大梦初醒一样，眼泪夺眶而出，他已经多年没说这句话了。他全身颤抖，号啕大哭。公安问，你哭什么？陈明达还是大声痛哭，他像虫一样蜷缩在地上。公安说，你哭也没有用。陈明达涕泪横流，说，你打死我吧，我只做对的事，我只做对的事……

接下来审问了十天，陈明达像疯傻了一样，不管你怎么问，他只说一句话：我只做对的事。陈明通找了老领导，说他哥哥历来是胡说八道的人，脑袋有些毛病，不是反革命。陈明达因此被免于刑事责任，避开了被打成反革命的命运，戴了个右派的帽子，全家下放到黑龙江的漠河，那是中国最北最冷的地方。陈明通没有去送他。他因为哥哥的连累，没能当上医院的院长，只当了个行政副院长。李金花来向他道别，他气得不行，大骂陈明达。他对李金花说，我现在终于知道什么叫狗改不了吃屎了，平静了十年，我以为陈明达真的变了，他可什么也没变，他还是陈明达，我却被他害惨了，老家伙临咽气要我照顾他，母亲临死也要我照顾他，可谁来照顾我？他是哥哥还是我是哥哥？为什么要我照顾他，他却不照顾我？他除了给我惹麻烦，给过我什么？他连我喜欢的女人的心也要夺走，我告诉你，我这辈子欠了他的债，是从娘胎里带出来的债。李金花只是沉默地看着陈明通，最后说，你给我一些钱，你有钱。她是个势利女人。过去陈明达是名医，有钱，现在没有了，她就向陈明通要钱。陈明通只好给了她一些钱。

陈明达被下放，是其性格原形毕露的结果。他下放到漠河，全家跟着去。夏天他要到麦田里收大麦，冬天他要去冰河里凿洞网鱼。他推拿练就的手劲使他能勉强应付这些劳动，可是他经不起冻，全身能长冻疮的地方都长上了冻疮，穿皮靴时疼得直叫唤。李金花一点也不可怜他，陈明达说错话令她和孩子们跟着受苦，李金花恨死了陈明达。李金花要一个人用人拉雪橇到几十里地的村庄拉煤；她挥着铁锹挖着刚开冻的坚硬的土地，两手的虎口流血；有时她只好自己摊煎饼偷着卖，被干部看见，他们就把她绑起来，李金花不依，要逃跑，他们连女人都打，李金花被打得直不起腰来。已经十二岁的大儿子陈希金有一天突然问母亲：你为什么不跟他离婚？李金花被儿子问倒了，她虽然恨陈明达给孩子们带来的苦难，自己也承受了说不清的痛苦，但她从来没想过和陈明达离婚。她打了儿子一巴掌，说，你胡说什么？陈希金说，是他害了我们，他不是人。李金花说，他不是人，但他是你的爸爸。这句话恰好被凿冰回来的陈明达听见，他站在门外，流下了眼泪。

纵使劳苦，全家也只能吃上土豆，李金花把土豆换着花样做。全家人吃了太多的土豆，一个劲儿放屁，弄得满屋子臭烘烘的。十二岁的陈希金要跟着邻居去田里拉犁，肩上的绳子勒破了他的肉，疼得他掉眼泪，他用糨糊填进伤口。到了一九六〇年，连土豆都吃不上了，只有麦麸和山芋渣吃，后来吃树根，全家人都拉不出屎，只好用手去抠。有一天陈明达因为偷偷给县里的一个主任治颈椎，得到了一小袋面粉，当他兴冲冲地提着面粉回家时，邻居刘成利一家已饿得奄奄一息，刘成利的小女儿昏了过去。陈明达二话不说，立即倒给他半袋面粉，擀成面条下给她吃。刘成利的女儿吃了面条，活过来了。等陈明达回到家，自己的小女儿，就是我妈，已经因低血糖昏倒在地上不省人事，摸她的手脚是冰冷的，就好像死人一样。陈明达是医生，懂得这是低血糖所致，他去找他藏着的救命的白糖，结果白糖不翼而飞，原来白糖早被我的二舅偷吃干净了。这一下问题严重了，小女儿眼看体温越来越低，李金花绝望地大喊大叫，陈明达抱起小女儿就往镇上奔，没有马，他就一个人拉着雪橇，载着女儿往镇医院狂奔。到医院时，女儿已经陷入深度昏迷，医生给她补充葡萄糖和生理盐水，以及给肝肾解毒的药物。小女儿在昏迷了一天后，慢慢地苏醒过来。她变得反应迟钝，记忆力衰退，虽然活过来，十五岁还在上小学。这就是我妈，后来的一个脑袋迟钝脾气急躁的女人。李金花因为这件事跟陈明达闹个没完，始终不肯原谅他。她问陈明达为什么拿到面粉不先回家？陈明达说，我不能见死不救啊，再说我也没料到女儿会低血糖，要知道我还不第一个奔家来？李金花问，你明明知道女儿也饿得不行了，刘成利是女儿，我们的也是女儿，他的女儿饿，我们的女儿也饿，你不知道吗？陈明达说，我知道，可是我……李金花说，你就是对家里人没心，谁都先奔家来，不管发生了什么事，就你特别。陈明达说，那不能这样说，就算两家人的女儿都饿，我先救人家女儿也不能说我错，我觉得先去刘成利家救他女儿，是因为我们是家里人，自己人好说话嘛，人家是邻居，就像客人一样。李金花听着陈明达的谬论简直要气疯了，她指着陈明达的鼻子，叫喊：陈明达，你说的这是人话吗？人不为己，天诛地灭，我看老天怎么让雷劈死你！

李金花立即给陈明通写信，控诉陈明达的"暴行"。说如果他不想办法把他们弄回去，他们一家就会被陈明达害死。陈明通只好想办法，他故伎重施，打听在当官的中间有谁得了颈椎病，因为陈明达只有这点本事。还真巧，省委党校副校长正被此病折磨，陈明通让他把陈明达调回来，陈明达回来给校长治病，治了一个月，病情大为改观，校长为了就近治疗，就通过关系把陈明达调回长春，在中医院接受改造，陈明达全家得以回城。

一天，有一个神秘人物来到中医院，他就是马永生。他见到陈明达后，表情沉重悲哀。他对陈明达说，有一件事我想要跟你说，不说我一辈子良心不会安宁。陈明达问，什么事？马永生说，你知道是谁一直给你麻烦吗？陈明达没听明白：给我麻烦？没人给我麻烦。马永生说，我说白了，你知道这几年是谁在整你吗？陈明达摇摇头，我不知道。马永生看着陈明达，说，是我老婆，周文怡。陈明达一听就愣在那里，半天才说，不可能吧？我又没有害她，她干吗整我？马永生苦笑着也摇摇头，过去，我揭发你是汉奸，现在，我老婆整得你下放受苦，你的苦怎么都跟我有关呢？我们不是朋友吗？陈明达，请你原谅我吧，也原谅周文怡吧。陈明达还是问那句话，我又没有害周文怡，她干吗这样对我？马永生说，你没有害她吗？你不跟她结婚，就是害她了，你不明白吗？你让我试验她，结果她中弹了，她恨死你了。陈明达思忖，原来是这样……马永生这时说，陈明达，你知道吗？她在做梦的时候……她喊的是……你的名字！马永生突然变得悲怆的语调让陈明达心中一震。马永生的眼睛里泛着泪光，说，陈明达，你到底是他妈的什么人？惹得女人一辈子记得你？爱也好，恨也好，全跟你有关，你到底有啥能耐？陈明达直直地看着马永生，什么话也说不出来。

当天晚上，他们俩去酒馆喝酒到半夜，都醉了。他们说起在阎锡山军队的趣事。马永生说要是当初陈明达坚持把小吴追到手，今天就什么事也不会发生。陈明达说，小吴不是我的。马永生说，周文怡也不是我的。陈明达说，慢慢地就会是你的。你看，李金花也不是我的，但现在，就算她天天骂我，还是我的，我这么落魄，她还是不离开我。他对马永生说，你也不会看不起我，我很知足。马永生说，我连老婆都没有了，还怕啥？陈明达，你是真正的朋友。陈明达说，我现在终于明白了，人不可能按想象的方式活着，也不可能达到你想象的目标，因为命运像一股潮水，会把你推向你不想去的地方，怎么办呢？只有努力抵抗，尽量朝想象的方向挪，挪多少算多少。马永生说，昨天我们单位处理了一个人，他是我的朋友，被判了十年，罪名是"诬蔑林副统帅"。就因为他怀疑林副统帅说的话：人怎么可能万寿无疆？陈明达说，这话对，我早就想说了，分明是一句假话，为什么弄得全国人民都说着，好像真的似的？人要是能活万年，就是一只老乌龟。马永生吓得说，快闭嘴，你还是没改那爱乱说话的毛病。陈明达说，你不是我好朋友吗？我对好朋友都不能说真话，活着还有什么劲儿？就算这话是真话，过去皇帝也让人这么说，现在还说，不是要把毛主席诬蔑成皇帝老子吗？这是抹黑。马永生吓了一跳，说，你说什么呢？你说话注意点，吓死人了。陈明达大笑，拍拍他，我这不就是随口一说吗？又不当真的，我才不管人能不能活万年呢，我只要明白我自己活不了万年就成，我要是长生不老，就会珍惜生命，就不会用心想当下我应该怎么来做人，我现在啥都不想，只想好好推拿，我可不想再下去凿冰盖了。

可就因为这句话，陈明达再次惹祸。这一次更惨，他被关进了牢里。陈明达惊奇地发现同监有他当牧师的叔叔，他们好久没有联系了。他问叔叔为什么会在这里？叔叔指着天说，去问上帝。陈明达说，我说了不该说的话，我为啥要说那句话呢？它对我有什么好处？我这张该死的嘴。叔叔说，你说了什么话，都要对它负责。陈明达说，人活不活得了万年关我屁事？我现在心里苦得很，我害了李金花，也害了孩子，我不如死了好。叔叔说，要是你做的事于良心无亏，那么就不必抱歉，不要有心理负担。陈明达说，可她们怎么活呢？叔叔说，你别说没用的话过口瘾，你要说有用的话，你觉得只有说了它，良心才会平安，你就说。陈明达问，如果这会给我家人惹麻烦呢？叔叔说，交托出去吧，自有管的人。陈明达皱着眉问，啥叫交托？叔叔就做了一个手势，把双手伸出，手掌向上，说，这样，看明白了吗？良心使人平安。这时看守警告叔叔：陈先和，你不要传歪门邪道！叔叔对看守说，我没传歪门邪道。看守说，那你是在密谋越狱吗？叔叔说，你不要怕，我不会逃跑的，你就是把我放在监狱农场的麦田里，一个人没有，我也不会逃跑的。陈明达悄声问他，你真的不会逃跑？叔叔说，是。陈明达说，你是傻瓜吗？你为啥不跑？叔叔说，因为我心无挂碍。陈明达说，难怪你连女儿自杀都无所谓，我可不像你，我夜里梦见我小女儿，哭湿了枕头，我不知道该怎么办？叔叔说，总有一天你会交托。

李金花在手套厂的工作被开除，简直就算彻底断了活路，李金花只好去扫厕所。十六岁不到的儿子陈希金参加了开山队到深山伐木，给家里减轻负担。陈明达惹祸的这句话确实是马永生传给周文怡的，不过他不是成心想害陈明达，只是两口子床头吵床尾和，一高兴就说漏嘴了，周文怡就抓住这句话把陈明达整进了监狱。当陈明达在监狱里听到儿子陈希金因为扛木头被砸断腿骨落下瘸腿残疾后，放声大哭。

这时来提审陈明达。主审官说，你可以戴罪立功。他递过来一张纸，上面贴着两个人的照片，竟然是周文怡和马永生。陈明达问，什么意思？主审官说，这两个人是叛徒、汉奸。陈明达一听就呆在那儿，他想不到这么快周文怡和马永生也被抓起来了。真是世事难料。陈明达问，他们是什么事？主审官说，站错了队伍，屁股坐到敌人那一边去了。陈明达又问，这跟我有什么关系？主审官说，我们正在调查他们的历史，你和马永生是好朋友，跟周文怡还有一段亲密关系，你可以证明，他们是叛徒。陈明达说，不，我不知道他们是不是叛徒。主审官说，你要是愿意证明，可以戴罪立功，我们给你监外执行。陈明达的心一下子提了上来，自由就像路边的钱一样唾手可得……可是他又冷静了，说，可他们不是叛徒，马永生没有叛变，他还是共产党潜伏在新京的地下党，周文怡本来就是共产党。主审官说，不是叛徒，难道就不会是汉奸吗？他们给日本人干了多少事，你难道不知道？陈明达喘着气，不说话。主审官态度缓和下来，说，陈明达，我们知道你的问题并不严重，你就爱个胡说八道，你要是愿意证明他们是汉奸，你的问题就不算问题，立即可以回家。如果你不愿意，就是包庇犯人，罪加一等。你知道现在你的老婆在干什么吗？在扫厕所，你的大儿子成了残废，你的二儿子三儿子在学校被人打，你的小女儿你老婆顾不上，只好绑在家里，有一天爬进来一条蛇，差点没把她咬死。你难道愿意他们受这苦？你要解脱他们其实很容易，只要在我们写的证明上签个字就可以了。

陈明达泪流满面，说……我签……我愿意证明……

陈明达终于签了这份揭发材料。果然，不到两天，陈明达就被放了出来。他拎着自己的铺盖向家中奔跑，可是家里没人。这时，正好一辆吉普车停在不远，一个女人被全副武装的警察押上车，陈明达一看，竟然是周文怡。他们好久没见了，周文怡看上去老了很多，头发都有些白了。四目对视，周文怡直直地盯着陈明达，眼睛里含着泪水。陈明达双腿发软，这时周文怡突然喊了一声，明达！陈明达立住了，他没想到周文怡会叫他的名字，她已经十几年不愿意理他了。陈明达跑了过去，周文怡看着他，眼睛里掉下眼泪，说，对不起！

周文怡被押上了车。车子绝尘而去。陈明达腿一软，坐到了地上，他双手掩面，痛哭起来。一种新奇而可怕的空虚涌上他的身体，淹没他的心灵。陈明达的泪水像泉源一样流淌，怎么也止不住。他立即背着铺盖疯狂地往监狱里奔，他重新站到主审官面前时，主审官问，你为什么跑回来？陈明达放声大哭，说，我说错了，周文怡不是汉奸，马永生也不是，我说的不对，我要改过来。主审官说，这是你自己签字的。陈明达说，让我重新回监狱吧，让我重新回监狱吧，我要收回我的话，我要回监狱。主审官说，你说话不算话吗？陈明达说，把我的爱人还给我。主审官问，谁是你的爱人？陈明达说，周文怡，周文怡是我的爱人，马永生是我的朋友。主审官对旁边的人说，他脸皮可真厚啊，把人家的老婆当成自己的，难怪人家叫他色鬼。主审官讽刺地看着他，说，就算她是你的爱人，可你别搞错了，让我把你的爱人还给你？不是我要抢你的爱人，是你自己送给我们的，是你自己扔掉的，还叫我们还给你吗？陈明达一听，就瘫坐在地上，哭死过去。

陈明达终于回到了监狱，但结果已无法改变，周文怡和马永生被送去劳改。陈明通对李金花说，陈明达是不是疯了？他的脑袋一定病了，话已经说出去了，马永生和周文怡的结果不会改变，他背叛了朋友，自己也没捞到好处，还回监狱，白忙了一场，这是最愚蠢的变节。李金花说，他这样的人，去死好了，他活在地上，只会给人添麻烦。

陈明达又见到了叔叔。叔叔问他，你为啥又跑了回来？陈明达说，你知道吗？我作了伪证，我说周文怡是汉奸，我说完了，就往监狱外走，我越走腿越软，走到家时几乎走不动了，我觉得天暗下来了，我觉得我饿得慌，看到周文怡时，我就崩溃了。叔叔，我从来没有这么悲痛过，连我娘死时也没有过，只有四个字可以形容……如丧考妣。我回来问他们，要我的东西，就是被我丢掉的两个朋友，他们却对我说，又不是我抢你的，是你扔的，我就受不了了，我从来没有感到这么羞耻。叔叔说，周文怡不是害过你吗？陈明达说，可是她对我说……明达，对不起，我一听这话，眼泪就涌出来，再也止不住。叔叔说，你又跑进来了，那你的老婆孩子怎么办？陈明达说，叔叔，我现在明白你说的交托是什么意思了，我良心无亏，她们也只好交托出去了。我想，既然我做的是对的事，她们就不会有事，不必我管，我只能管最重要的事。如果我对得起良心，她们还遭殃，就说不通。说完陈明达还是流眼泪，叔叔用手摸他的后背。

陈明达在监狱里过了一段相对平静的日子，李金花没来看他，陈明达也不怪李金花，他觉得他欠她们的太多，她不看他是有道理的。陈明达和叔叔一起到农场收麦子，两人经常发生争论。陈明达死死咬住他女儿自杀的事，但叔叔不想说这个，陈明达只好争第二个问题：他认为他对佛教虽然也不怎么认同，但他对基督徒一边说爱一边吃肉感到不解。它们不是生灵吗？他问叔叔，它们不是生命吗？它们和人一样有思想，有感情，为什么要吃它？叔叔说，凡物有它的边界。陈明达说，你不要糊弄我，难道有些生命生来只是为了当别人的食物吗？我不相信，一只牛生了小牛，还会给它喂奶，说明它是爱它的孩子的，它有权利活下去，做另一个孩子的母亲，并且受到尊敬。叔叔说，这不是爱，是本能，为什么动物只会依照本能养育孩子，一到年龄就不分青红皂白驱赶它们？陈明达辩解道：人难道不这样吗？叔叔说，只有人是用爱来维系关系的，动物只受人管理。陈明达反对，说，就是人管得太多了，把动物关到动物园里，才把关系搞乱的。叔叔说，上帝造世界，把动植物托给人管理，所以给动物是本能的边界，人不好好管理，才越出边界的。明达，这世界各从其类，人是其中最重要的管理者。陈明达说，总之，人吃动物是不对的，我会给你充分的证据。

至此，陈明达恢复了陈明达所有的本相，他又像年轻时那个陈明达一样了。就像陈明通所说的，狗改不了吃屎。陈明达把叔叔私藏的一本《圣经》翻了个遍。有一天他突然翻开《圣经》对叔叔说，我找到证据了，你看，该隐和亚伯向上帝献祭，该隐献的是庄稼，上帝不要，亚伯献的是羊羔，就要了，这说明什么？这说明动物只能用来献祭赎罪，不能拿来吃。他又翻到另一页，说，你看，亚当夏娃是吃果子的，没有说他们吃肉。叔叔笑着对陈明达说，你做事真认真，我都怕你。陈明达说，从今天开始，我要吃素了。

陈明通还是想把哥哥弄出来，他在医院工作，于是托另一个医院的医生开了一张陈明达患慢性肝炎的假证明，然后走通了一个军区的将军的关系，把陈明达从监狱弄出来，保外就医。陈明达见到了老婆孩子。当天晚上，李金花突然在陈明达面前哭了，陈明达问她究竟发生了什么事？李金花说，我没有去看你，心里难过。陈明达说，不对，你还有别的事。李金花就说，她做了革委会副主任的妌头。陈明达听了，什么话也没说。李金花说，她一个女人没法活下去，但她是爱陈明达的。陈明达说，我不怪你，谁都犯错，能认能改，才是不容易，我有体会。但儿子陈希金说的话让陈明达无法接受，他竟对母亲说，你为什么不跟他离婚去跟主任结婚？他有什么好？主任有哪点比不上他？他是我爹吗？除了无休止的麻烦，他给过我什么？他像爹吗？没有他，我的腿不会瘸。陈明达沉默以对。

只有小女儿给父亲端来一杯开水，陈明达的眼泪就掉下来，紧紧抱住她，但她挣脱了。

接下来的日子无法描述。陈明通因为给陈明达开假证明的事败露，被政敌抓到把柄，撤销一切职务。他终生没有结婚，只身一人下放到拐子屯劳动。陈明达去看他，两人在磨坊里打起来。陈明通说，你害了我一辈子，我是被你毁的。陈明达沉默，陈明通说，你害我就算了，你害你的孩子，你一辈子良心不会安宁的。陈明达低着头说，不对，与其我做一个坏父亲，不如留个榜样给他们。陈明通笑了，说，你是好父亲吗？你以为你是榜样？笑话了，你这样的人活在地上尽给人添麻烦，不如死了。陈明达说，你不要骂我，我不会在这地上活太长的时间，又不是什么好地方。陈明达说时嘴角竟掠过一丝嘲讽的笑意：在监狱里，我心一硬，把孩子交托了，我想，我就是死了，能有什么留给他们，除了做人，还有什么？他们既然会出现在这个世界上，自然会有人养活他，否则说不通。想到这里，我就不想了。陈明通说，这个人就是你，不是我，不是你还会是谁？陈明达说，不知道，如果要我死，就不是我的事了。说完，陈明达留下一些钱就走了。

马永生在一个深夜来找陈明达，他带来了周文怡骨癌末期的消息。他说他早就放出来了，就在入狱的那年他就跟周文怡离了婚，和一个护士再婚。马永生说，知道我为什么离婚吗？你说的对，强扭的瓜不甜，周文怡这几十年没爱过我一天，她的心里全是你，她对你好也好，她整你也罢，都是因为爱你。陈明达沉默。马永生说，她的时候不多了，住在医院的水房里，你去看她吧，她一直喊你的名字。陈明达说，她要见我？马永生说，我物归原主。

陈明达见到周文怡的时候，她已经瘦得像一只螳螂，蜷缩在床上，脸色惨白。陈明达进来的时候，她挣扎着起来给他倒水喝。陈明达心都要碎了。周文怡说，我很好，死不了。陈明达说，我想办法用中药给你治。周文怡说，我只要你来就可以了。她挥挥手，说，你能过来，让我抱一下吗？陈明达愣了一下，走到她身边，周文怡一把抱住了陈明达，她虽然瘦，但手像铁条一样紧紧抠住陈明达，让他透不过气来。她的嘴贴着陈明达的耳朵，突然说，我一直不知道用什么办法来赎我对你犯下的罪，你的证明让我劳改了七年，我们扯平了，你帮我赎了罪，谢谢你。陈明达全身颤抖了。周文怡轻声说，我好像回到了刚认识你的时候，你教我推拿，你的手还是那样有劲。陈明达挣脱出来，说，我帮你找草药。

陈明达翻遍医书，又去找师父林如高，垂垂老矣的林如高说有一种治骨癌的良药，叫金线莲。但这种药很不好找。因为要新鲜的，陈明达就跑遍了中药店，自己又上山寻找。他找到了金钱莲，就熬给周文怡喝。这时候陈明达才发现，周文怡完全没有亲人，才会住到医院的水房里。因为她患的是骨癌，全身骨头痛，最后发展到不能下床走路，陈明达这回算是彻底卷进去了，他不忍心抛下周文怡一个人等死，就几乎包揽了她的所有生活起居。只要一下班，他就奔到水房，帮周文怡做饭打水，最后发展到替她洗澡。陈明达回到家，全家用奇怪的眼神打量他。有一天，李金花对他说，你为什么不住到水房去？陈明达说，你不要误会，我只是不忍心看她等死。李金花说，她可不这么想，她要死了，知道只有你对她好，死前也要捞一把。陈明达说，要不我找找人，一找到人我就不管她了。李金花说，从今天开始，你不要进这个家门了。陈明达说，这怎么可以？这是我的家啊。李金花说，这不是你的家，你的家在水房里。陈明达找了半天人，没有一个人愿意服侍这个被彻底打翻的阶级敌人和汉奸周文怡，陈明达只好自己来。周文怡含着眼泪对他说，你为什么要对我这样？你这不是在折磨我吗？我这样的人，一辈子过得稀里糊涂，只会害人，百无一用，还是让我自生自灭的好。陈明达说，有病就得治。周文怡说，我现在才知道，原谅一个人是多么重要，如果当初我原谅你，我现在心里就不会这么难

母子依依 / 2016年 / 32cm×68cm

书斋问语 / 2004年 / 68cm×65cm

过。陈明达也流下眼泪，说，都这种时候了，说这些干吗。周文怡看着陈明达说，你这个人怎么会这样？你难道不恨我吗？你是傻了还是故意要折磨我的心？陈明达说，我恨你，你就会爱我吗？什么时候恨一个人，却换来过爱？再说你已经后悔了，当初我要是也能原谅你，就不用做那个试验，把你推给马永生了。是我错，我太自以为是，以为不相信自己，其实还是不相信你。人，人是多么骄傲啊。说着他哭了。周文怡望着一望无际但有些灰色的天空，说，我到死了还能和我爱的人在一起，这是哪辈子修来的福啊。陈明达就一把把她抱在怀里，说，现在一切都好了，一切都过去了，这不是好好的吗？两个人放声大哭。

周文怡在一个最深沉的子夜过世，她走得很安详，因为不会疼痛。本来骨癌是很痛的，但陈明达给周文怡吃了金钱莲和片仔癀。陈明达一个人把周文怡送到火葬场的时候，马永生也来了，他对着周文怡的尸体放声痛哭。

　　陈明达回到家的时候，全家人用陌生的眼神注视着他。他要踏进家门，儿子陈希金挡住了他，他已经长大了，有结实的肩膀，他就那样看着父亲，眼睛里透着冷漠。陈明达往里挤，他不让。陈明达说，你走开，这是我的家。儿子就推他，两人打起来。他们抱着在地上翻滚，掐住对方的脖子，儿子的眼睛都红了，他的力气显然大过父亲，把陈明达死死摁倒在地上，双手像铁条一样抠着陈明达的脖子……陈明达憋得满脸涨红，接着全身颤抖。小女儿吓得哭出来。陈明达眼看连眼神都迷离了，李金花喊，放手！陈希金放手了，陈明达一阵猛咳嗽。

　　他从地上爬起来，还是走进了家门。陈希金要上前，李金花拦住了他。接下来的几天，虽然陈明达和家人住在同一间屋子，但形成古怪局面：没一个人理会他，他自己煮自己的饭，自己吃。陈明通来家，对他说，这是你自找的，我就是想破一百个脑袋，也想不明白你为什么要做这样的事。周文怡对你有什么意义？她害你不够吗？人家年轻漂亮的时候，你不要，现在人老珠黄，病得像一只妖精了，你倒往上凑，人家在台上风光的时候，你躲着人家，现在被打倒，彻底没用了，像一堆垃圾一样，你却像苍蝇一样盯上了，你究竟得到了什么？你不但啥也没得着，还搭上了你的家，你的亲人，你是不是有病？我知道你要说，你爱过周文怡，就算退一万步，你念周文怡的旧情，要送她终，那你为啥对马永生那混蛋那么好？他害你上审判台，他夺走你的女人，你这个傻瓜就这样糊里糊涂地一笔勾销了？还跟他真成朋友似的？周文怡病了他在哪里？你连周文怡的奶都没摸着，他至少睡了她十几年，你是不是有精神病？陈明达不说话。陈明通就说，你为什么不狠狠搞一下马永生呢？你现在有条件了。陈明达说，要原谅他，对人要宽容，我现在知道，要做一个好人是很难的。陈明通就问，那你为啥对自己倒这样苛刻呢？陈明达回答说，我只能做好我自己那一份，别人的事，自有他当家的会管他，用不着我管。陈明通眼睛红了，对着天说，老天哪，这叫什么事呢。

陈明达在家又过了五天，他想跟二儿子三儿子说话，他们都不理他。陈明达想，他平时最爱小女儿，她应该会愿意跟他说话。陈明达走到女儿面前，说，妞妞，你愿意跟爸爸说说话吗？女儿看着他，说，你很无耻。陈明达的脸一下子就涨红了，他想抱女儿，女儿闪开了，说，你这样的人活着干吗，去死嘛。陈明达就愣在那里。

陈明达在接下来的七天失踪了。他一个人在周文怡死的水房里过了这七天，几乎没吃什么东西。七天过后，他从水房里爬了出来，找到弟弟陈明通，说，我可能活不长了，我这里有五百块钱，你替我料理一下后事，剩下的钱给李金花。陈明通说，你真是有病了。陈明通知道陈明达愿意胡说，他不相信哥哥真的要自杀。陈明通对陈明达说，你不要想不开，李金花的心已经跑到那个主任那里了，但孩子总归是你的。陈明达没回答，又去找李金花，说，我可能活不久了，这里有五百块钱，你替我收尸，剩下钱给孩子留着。李金花说，你自己替自己收尸吧，神经病。陈明达又去找儿子陈希金，说了同样的话，陈希金说，好啊，可是钱太少，你的钱呢？都给那个女人了是不是？陈明达说，我没钱了，给她就买药的钱。陈希金说，那就别想让我替你收尸，你自己看着办。他不相信父亲真的会去死。陈明达找到马永生，说，马永生，有人说你是坏人，你自己说呢？马永生很突然他问这样的话，看着他，说，我……我对得起良心。陈明达就笑了，说，是，对得起良心，你替我办一件事，我可能活不长了，这里有五百块钱，你替我办后事，然后把剩下的钱给我孩子。马永生问，你也得癌症了？陈明达说，你愿意不愿意？马永生说，你别逗我，你这个玩笑开得太大了。陈明达最后竟然找到女儿，对她说，妞妞，爸爸告诉你，有一次爸爸受了伤，差点死了，爸爸快死的时候，看见了天堂。女儿不说话。陈明达说，爸爸活不长了，你拿着这五百块钱，我这里写了一张字条，明天你交给娘，让她照字条上做。女儿不要，把钱摔在陈明达脸上。

陈明通看不下去了。他和李金花商量后，找来市立精神病院的车，把陈明达摁倒，送进了精神病院。陈明达在精神病院被关了四天，第五天清晨他逃跑了，又溜回到了家里。陈明达踏进家门，全家刚好在吃饭，大家就看了他一眼，没一个人跟他说话。陈明达像外人一样蹑手蹑脚地走进去，说，在吃饭啊。没人回答。陈明达在他们面前坐了一会儿，就找了一根绳子，走到了房子后面，李金花和孩子们仍然在窸窸窣窣地喝粥。突然听到轰的一声，大家的筷子都停下来了。一会儿陈明达拿着一根断绳子走进屋来了，他翻箱倒柜找什么，最后找着了一根电线，又走了出去。大家又开始喝粥。

喝完粥，李金花走到门外去拿煤球，发出了一声惨叫。大家走出门去，来到房后面，只见地上全是血，像泼出去的大粪一样。陈明达上吊了，他第一次用草绳没有成功，绳子断了；第二次他用了电线，电线太细，可能是他太重或者蹬腿下落时太用力，颈椎断裂，他的头活活地被扯下来，身首异处，陈明达断成了两截。

我说，自以为是的人往往下场悲惨，陈明达的结局是惨到了头。他的头都断了，终于停止胡思乱想。不过他就死在家里人面前，真是太过分了，很多人说他不应该在家门口上吊，不过他死的时候家里竟然没有一个人劝他，也真是让人够心酸的，就不能怪陈明达什么了。替他收尸安葬的是李金花。听说陈明通在陈明达死后，还到他的墓上，用脚踢哥哥的墓碑骂他，后来腿一软跪在哥哥墓前，不断地磕头，号啕大哭。总之，陈明达是终于死了。

陈明达留下了一份遗书，只有几行字：我走了，现在，我的心搅成了一团，我做了一辈子好人，为什么还这么愁苦？我不知道有没有天堂，不过我是相信叔叔的话了，人是不能自杀的，自杀的人上不了天堂。我现在忧愁得要死，如果天堂里挤满了像我这样忧愁的人，该有多乏味啊。

多年以后档案馆发现了当时对陈明达的一份审问记录，因为有些内容十分有趣，节录如下：

问：你说的人有三个部分是什么意思？

答：人有身体，还有思想感情，不过我认为人除了这些，还有更深层的部分，是灵魂。

问：灵魂是什么东西？

答：我用它来判断是非。

问：你就那么自信？你能保证你永远正确吗？

答：不能。不过，林副统帅也不能。

问：既然不能，你为什么还那么固执？

答：这世界上一定有对的事，有错的事，我只做对的事。

问：可你却做了很多错的事，你怎么说？没有你想象的那种完人。

答：你这样说，是对共产主义没有信心？

问：不不，我说的是，我们的目的一定要达到，我们的目的一定能够达到。关于人能够达到最高觉悟这一点上，我们其实是一致的，只是途径不同，你选择了一条反动道路。

答：人一定能成为完美的人，但他得明白自己并不完美。我现在明白了，人靠做是做不到的，我做了一辈子好人，却让我明白了另一个道理……我是个坏人。所以，好人不是靠做出来的。

问：不靠做，靠啥？

答：……

问：你为什么在揭发周文怡后又出尔反尔？

答：要允许人犯错误，也要允许人改正错误。

问：你对中国革命的前途怎么看？

答：中国的前途形势一片大好，中国一定能赶超英美，但中国人要学会做人。

问：什么意思？

答：中国一定能成为世界上最强大和富有的国家。因为人多。

问：我问的是做人。

答：一个不讲理的有钱人比一个讲道理的穷鬼更危险。

问：如果美国人打进来，你会选择保家卫国，还是支持美军？

答：我会躲在家里，静待战事结束。

最后是陈明达自己要求加上的一段话，不加上这段他不签字：

我认为应该提倡素食，为什么要取有生命的动物为食呢？说不残忍，这道理讲不通，我公开呼吁素食，至于有些肾病和糖尿病人不适于吸收过多植物蛋白的问题，这个问题我还要仔细想一想，我认为是可以解决的，比如可以吃鸡蛋，以及牛奶，问题应该就可以解决了。

舅舅陈希金临死前对我说，我一直以为我不是陈明达生的，现在，我知道，我就是这个人的种，我身上有他的血，就是不信邪。我现在只记得他对我说过的一句话，有一次他对我说，你怕死吗？我说我不知道。他就说，既然太阳每天会落下，就不要怕死，既然太阳还会升起，就会有复活。

写作是生命的流淌

先锋写作：以虚拟的方式接近真实

郭素平：我们先回溯到先锋时期，我觉得你在先锋作家中是比较有个性的一个，我主要接触的作品是你的"者说"系列，从中我们可以看到你对真实把握的企图成为泡影，你对先锋以及自己的创作怎么看？

北村：中国的先锋小说可以被称为一个群体，他们的写作背景有共通性，但实际上每个人的起点和立场还是有差别的。就我个人而言，一直是对文学中的最核心的精神性的部分关注得比较多一些，某种程度上也可以说，我是把它当作认知这个世界本质的一种方式。

郭素平：一般评论认为，先锋小说基本上是一种形式主义的探索，其中思想性、精神性的东西少一些，它最终的销声匿迹也是由于形式主义的游戏玩到极致而自毁前程，你却觉得其中有精神性的元素。

北村：我觉得是。从出现的几个作家来看，的确有一个追求形式的过程，但这并不代表他们的创作只是形式主义的东西，实际上他们受到一些西方哲学思潮的影响，对形式的迷恋的前提可能也是哲学思潮带给他们的，比如对真相已然把握不住，失去信心，但我不排除个别作家纯粹从文学形式角度上的实践。说到我，接受了西方整个现代主义过程里面的哲学和文学的双重影响，哲学的影响对我来说更重要一些。在这种影响下，使得我们对这个世界的基本看法有一个认定。

郭素平：你觉得先锋写作消亡的主要原因是什么？

北村：作为所谓的文学派别存在的时间非常短，是因为他们整个的写作立场不是非常真实，因为任何写作都是一个精神过程，首先是精神有这个要求。整个现代主义文学是在西方世界宗教式微，人拒绝承认上帝是他的引导者之后所产生的一个精神背景上，所谓的浪子的地位。两个很典型的例子，反映在哲学上是尼采，反映在文学上是卡夫卡。实际上之前有两条线，一条是马丁·路德改教以来的，宗教信仰还是沿着它自己的发展方向，并没有失落；但是人文主义这条线也在发展，文学、哲学基本上是在这条线上发展，人类整个从自我作为一个基点来出发，比如说人可以基于人自己的一个把握，认为自己有信心来认识人的本质，认识人的精神上出现的各种疑难问题，实际上把宗教传统抛弃掉了。

郭素平：我觉得它的存在时间和西方比起来短暂的原因，是否是因为我们没有现实土壤，就是说我们还没有生成生长现代主义的土壤，还没有那样的背景，我们的作家有点超前了？

北村：我觉得在精神深处人类体验的普遍境遇感是一样的，它可以达到一致性，它未必一定要跟时代的某种实际的境遇相关联，但时代具体的发展进程可能也有它的影响。比如异化，我们在十几、二十年前就谈到异化问题，但实际上我们生活在今天的北京才真正感觉到异化是什么，这一方面是人性本身的，但是人跟真理之间的关系，人跟罪，跟善，跟公义这些最基本的母题之间的关系，历时历代都有一个基本的东西存在，作为一个中国作家也可以接受西方的传统，因为它是人类文化的一部分，我们也能感同身受，我觉得在这方面的区别不是很重要的。

郭素平：你觉得它的气候在最深处跟西方是一致的，从这个意义上说，是否可以认为先锋写作并没有消亡，只是本质内化了，形式改变了？

北村：要看你怎么界定。人家说我是先锋作家的一员，我也认可，但就我个人而言，我觉得我一直在持续我认为的先锋写作。就是在他们称作先锋写作的那个阶段里，我的创作和别人的也有区别。比如那时候我的作品对故事的消解是非常彻底的，不仅是对语言的消解。我觉得语言本身在描述一个真相的时候，我没有必要改变语言本身的特质。比方说，我在指认我们今天坐在这里的谈话，就是这么纯粹和单纯，描述起来就是一句话，但是我使语言延展的逻辑到底在哪里？语言要让它奔跑起来，并不是说我要诗化语言，我觉得应该是说人跟他所存在的真实之间的关系发生变化了，这种变化体现为结构的变化。语言本身是很质朴的，但在它描述真相的过程中有可能把真相完全消解，这在《聒噪者说》里体现的比较明显。

郭素平：这可不可以理解为语言的局限性？

北村：语言的局限性实际上不是语言本身的问题，是人的问题，人没有信心描述它了，人没有信心指认何为真实。这样的话你就没有任何理由去叙述一个完整的故事，你凭什么来定义一个故事的完整性？它的意义呈现在什么地方？

郭素平：你的意思是说语言本身还是承载人的精神的，人的精神没有了，语言也就流失了。

北村：对。语言是表达意义的，我总是这样认为的。

郭素平：没有意义的语言只是个工具而已。

北村：你说它是工具也可以，我说语言就是意义也可以，从本质上语言就是意义。如果语言只是工具，那么即使人没有信心，它仍然可以作为工具来使用。我不得不套用《圣经》里边的一句话，耶稣说："我对你所说的话，就是灵，就是生命。"这话是什么意思？上帝是看不见的真理，他呈现出来是通过"话"的方式，他的"话"构成他的意义。他的生长，他的彰显，他的丰富的延伸，他的表达，都是通过"话"的方式，从来没有人见过他长得什么样，但是他通过这个方式来支撑整个精神的、物质世界的稳定性。所以我觉得这个过程就是语言发表的过程。

郭素平：语言也是活的。

北村：语言本身就是意义。为什么说在西方拒绝上帝以后他会获得浪子的地位？假如把这种真实的基础给挖空了，我们今天对我们所描述的真实性就没有信心了。信心失落了以后我们还要继续表达，那么这表达就成了空洞，就成了聒噪，就成了泡沫，就成了虚无，语言本身就没有意义了。在这个背景下我的所谓的"者说"系列，应该是比较彻底的，叫"者说"我也有这个意思在里边。其中有一篇小说，我是从头把故事叙述完整，其实内在那条线是从结果往回叙述，这个东西我想倒还不是在玩结构。在我所写的中篇小说里边，我都试图揭示我的这个基本看法。这原因、前提就是我们刚才所说的语言本身就是意义。中心的意义消解了，那么意义也就消解了。

郭素平：你还是想用形式承载一些意义。

北村：形式跟内容，它就像生命跟身体一样密不可分。今天你看见我北村这个人，你就没法抽象了，你没办法把生命和身体分开，一旦分开，那就没有意义了。

剃刀边缘的写作：崩溃与迷乱

郭素平：读你的作品给我的感觉就是作品内在的情绪特别紧张，内里的矛盾冲突特别激烈，即使是在爱情题材的作品中也不是很舒缓。在你的精神层面，好像总存在着一些问题，终极性的问题，它们没有解决，因而有很强的内在的张力，而且是一以贯之，到底是什么问题呢？

北村：在我信主之前，"者说"以前的作品，包括

"者说"，都不存在这个问题。它们的紧张不是你所说的那种意义上的，因为那个时候没有问题，它的问题本身没有那种关乎人的心灵的东西。人本身有最基本的要素：良知、情感这些东西，全部压缩到一个层面上，那是价值观所决定的。终极性一直在寻找，但是没有把握。我相信人应该是有个来由的，有个终极性的问题。实际上"者说"系列也是在寻找它的奥秘，认识对象的真实性。在我信主之前的一两年，我已经写了一本20万字左右的一个私人笔记一样的东西，都是哲学性的东西。

郭素平：是哲学意义上的终极性。

北村：对，基本上都是寻找中心价值的。实际上我现在回过头去看，那是一个迷宫，一个迷路者在叙述一个迷宫，他相信有个东西，但却没有多大把握，因为对他来说不是实际。所以说追求终极价值实际上是一以贯之的，但是我相信并接受，和我不相信，我只是在寻找是两种状况，完全是两种体验。在没有信基督教之前，就是"者说"系列，你一看就清楚了，那是在非常矛盾的临界点上的写作，像《孔成的生活》。

郭素平：是一个描写理想主义坠落的故事。

北村：对，那完全就是象征的一个东西。我是不惜走在剃刀边缘上，破坏它的形式。那段时间我基本上是没法创作了，到全国各地跑，《孔成的生活》是在湖北写出来的。我的个人生活和我的写作之间的关联历来比较紧密，这一点我觉得自己还是比较真诚和真实的。我这个人并不优秀，但是这一点倒是优点。所以那个时候，我对生活整个失去了兴趣，我的婚姻破裂，然后就是无法写作，除了写像《孔成的生活》这样一个特殊的作品。

郭素平：思想、精神层面都处在崩溃的边缘。

北村：崩溃、迷乱。是走在悬崖上快掉下去了的感觉。所以我就写下很古怪的《孔成的生活》，无法建筑的国。它是一个没有终极价值的艺术家在非常奇怪的状态下写的东西。

郭素平：就是说那时候你还没有一个终极性的依靠，即使其中写了杜村，那也只是你想象的一个理想。

北村：想象的。所以孔成设计的房子没有屋顶。

郭素平：但是你认定肯定有终极性的东西，当时就把它叫做杜村了。

北村：的确是。但问题在于，当一个人没有获得真实信仰的时候，人类所谓的理想主义是非常脆弱的，他的理想具有虚幻性和虚无性。人自己的猜想跟实际的启示，生命的启示是完全不同的。人的猜想最后会使人不堪重负。

郭素平：就是说人是从下边来的，上帝是从上边来的？

北村：对，这就是人一直从下边开始建巴别塔，结果神就命定把它击溃，让你语言不通，实际上我们就处于语言不通的状况。按人的方式我们完全无法找到精神上安身立命的东西——宗教信仰，因为宗教信仰一定是我们的来源者所给予我们的启示，是他引导我们，是他爱我们，是他怜悯我们。我们是有限的，他是无限的，这实际上是很清楚的关系。我们是有限的，但我们仍然认为我们能够把握，这个上帝是我想象出来的，这个真理是我制造出来的，这就很荒谬，它会遁入一种存在的荒谬性。因此我们所做的就像西绪弗斯推石头上山一样，就只剩一个姿态了，当然你最后没辙的时候只能说这个姿态本身是真实的，那就是人类的勇气，卡缪不是这么说的嘛。从海明威的《老人与海》到福克纳说的：他们在苦熬，所有这一切都是在人离开上帝，离开真正的信仰以后所做的一个判断，一个绝望的呼喊。

郭素平：《玛卓的爱情》也是那个时候写的？

北村：不是，那时已经信主了。

郭素平：我以为《玛卓的爱情》，还有像《孔成的生活》《超尘》是你以前写的一个系列，描述爱情、理想、生存这三种人类赖以存在的基本方式的溃败。就是说那两部都比《孔成的生活》写得晚。

北村：对，那时候写完就没有东西了，就什么也不能写了，然后很奇妙的就信主了。

郭素平：你当时的意思是要用《孔成的生活》终结写作了。

北村：我不想终结写作，但是没有办法。接着我就去一个地方流浪。当时我还写了《迷缘》，完完全全迷宫似的东西。那个时候有个好朋友叫朱大可，他说了个词叫"迷津"，我认为非常准确，因为迷宫可能只是个游戏，有个规则，你知道怎么回事；迷津呢，似乎它有真相，似乎它有中心，那么我们就处于这个状况中，所以说后来我就没办法写下去了。接下来的事情就很奇

妙，当然对于我们信主的人来说，我们认为这个事情是
必然的，因为上帝既然是我们的来源者，就像我们对我
们的小孩一样，他可能不清楚，但我们给他安排得好好
的。这种接受信仰，跟文化人接受一个关于信仰的知识
是完全不同的，它是真实的信仰。

"浪子"归家时的写作：纯粹而有力

郭素平：信仰给你最大的收获是什么？是使你的思
想体系比较清晰了吗？

北村：这只是派生物，最大的收获是我的个人生
命，这是根本的，生命本身变成有意义的了。找到意义
的本身，其次才有别的事情发生，思想体系能够整合，
创作有目的性，生活本身有喜乐感。

郭素平：其实我们很多人都有过终极性追求的经历，但不是被琐碎的生活冲击掉了，就是有意回避了那种"人在高处不胜寒"的孤独状态，而你一直能保持追问的状态，可见其勇气与真诚。某种意义上我认为这也正是你的作品保持张力的原因。

北村：信主之前，我完全是一个迷失状态，那种平静是张力很强的，像"者说"系列，在水面底下的冲突，因为我无法指证一个东西是真实的，没有办法分辨冲突来自哪一方。信了主以后，我重新确认了一种价值，那么和这个价值相对立的东西，很明显就突出出来了。比如罪恶在人性里面的位置，它的强度，它对精神的遮蔽，冲突基于在恢复价值以后对完全的对立面产生的，所以我的作品中这方面的冲突是很强烈的。信主的最初阶段写的是人的有限性，精神的有限性，道德的黑暗，像《玛卓的爱情》就是写爱与信心的关系的；《施洗的河》是专门写罪恶的，罪恶昭彰，从罪性到罪行。

郭素平：从这个意义上说你是个完美主义者，你相信世界上有完美。

北村：而且我后来找到了完美的东西。耶稣在还未上十字架前人性就是完美的。举例说，人有三种哭，为小小的事哭，是非常卑贱的哭；再提升一格，彼得的哭，是失败者的哭，但和神圣性相关联，是忧伤的灵在哭；再来一种，耶稣看见拉撒路，耶稣哭了，他爱他何等深切呢！这几种人性的表达，是有区别的，我确定有一种完美的人性是存在的，让我们看出没有堕落过的人是什么样的。那个阶段的作品为什么写得那么激烈，就是深挖它的根，想写出真正的罪恶是什么样的景象。我在信主之前会不会写罪恶呢？也会写，但是被遮蔽住了，也写罪，可能写的是罪行，不会写到罪性。写罪可能没有办法写得那么清晰，光来到黑暗中才会把黑暗照亮，如果光不够强大，污秽的东西，我们可能感觉到他的污秽，但不会看得那么昭彰，那么清楚。信主最初几年我的作品对罪恶的揭示是因为我看见光，是光带着我来看。接下来到《周渔的喊叫》，这个阶段比较内在一点，主观一点。作为一个基督徒，我在走的道路上碰到了困难，碰到了试炼，在信心上受到了影响，我把这个复杂性写出来了。《周渔的喊叫》拍成电影就走样了，人们读到小说后会觉得比电影强些，但仍然没读到实质性的东西。实际上火车跑的两头，一个是完全属天的，靠信心走天上的路；一个是走在地上的，这是两种接近真理的方式。纪德有一部小说我现在去看感觉就不一样，纪德本身的信仰状况不是很好，但他写得非常真实，写天上的粮，地上的粮，还有一个叫窄门，就是写基督徒怎样进窄门，是一个非常痛苦的过程。所有的这些都是有价值的，因为和信仰相关联，他才会写得深刻。很多西方作家可能不信主，但仍然能写出非常深刻的人性，是因为他的背景。如果我是个陶工，造了两个杯子，是没有办法让一个杯子去了解另一个杯子的，除非我告诉它是怎么回事。所以站在人的角度想写出人性内在的问题是很困难的，必须要有启示告诉他，把问题告诉他这个问题才有价值。可能因为我是比较早公开宣称自己是基督徒身份的作家，所以在我们目前的语境下我的作品被理解是比较困难的。但是另一方面我个人对自己的创作很有信心，我早就放弃了我是否功成名就，从信主的一刹那我就放弃了。很多人不理解我为什么会低调，在家里不和人来往，不在乎评价，等等，不是因为我高尚，我是属于肉体的，人里面仍然充满着欲望，但是上帝会启示告诉我真理，我相信这个真理，所以我不靠上帝就没路可走，不可能写出好的小说。

郭素平：因为我们从某种程度上说是一个没有宗教

传统的国家，西方的一些作家，他可能不是基督徒，但他有一种环境和氛围，所以他看人性的站位就比我们高。新生代里有一个以梦境作为写作资源的作家，她也写一些电视剧，她说这对写小说有伤害，中间状态的转换需要一些时间，你有这方面的困扰吗？

北村：电视剧这个形式不是个坏东西，日本很多电视剧从质量上根本不输电影，像《爱情方程式》就很好地揭示了爱和信任的问题。所以没有坏的形式只有坏的作品。我接这种东西的时候，我觉得它没有什么道德上的问题，那我就接，我按照好的方式写。当然写完了要改，但你得往好处改，你越改越差，我就不改了，几次的实践证明我是对的。所以基本上后面的都是别人写的，有时改得面目全非了。

郭素平：再说到像《施洗的河》和《孙权的故事》，

一般评论认为你写到了人的尽头，接着就是神的起头，这里面有一个叙事的黑洞，也就是说这个地方留白了，它应该有一个逻辑关系；还有就是结尾处，尽管你有神性写作，但是关于这个话题写得太少。就是说这类作品里面缺少两块逻辑性的写作，因此更多的就剩下姿态上的意义和审美上的价值了。你为什么在这两块那么惜墨？

北村：这个问题很多人问过我，我也作过一些回应，今天我就作一个比较完整的回应。我觉得基督徒作家写作经常被人家指责，有几个问题要说清楚。基督徒作家写的作品有好几种：通过启示的光照亮人性内部的真相，把这种现象描述出来，到此为止，这是一种；第二种，我出示一个结果，这个结果就是对我自己真实的得救的描述，我非常有意地把这样一些东西加在我小说的后面。为什么？很多人认为信主一定要有一个逻辑过程，其实灵的得救是一刹那间的，不是说你的理性不起作用了，而是说你靠你的理性是没法得救的，理性要求你去审核，但是上帝是你的创造者，一个有限者去审核一个无限者是荒谬的，这是一个信主的不可能的方式。有的人说，好，那我就傻傻地信。其实我写作的尾巴，就是一个傻傻的信，但这并不是说不存在逻辑关系，而是超越了逻辑关系，是更高的逻辑。这更高的逻辑就是我们摆正了自己是一个被造者的位置，我是这样认为的。